中公文庫

新装版

娘　始　末

闕所物奉行 裏帳合（五）

上田秀人

中央公論新社

目次

本書は中央公論新社より二〇一一年に刊行された作品の新装版です。

娘始末

闕所物奉行 裏帳合㈤

江戸幕府主要職制図（一部省略）

- 将軍
  - 表
    - 大老（非常置）
    - 老中
      - 若年寄
      - 奏者番
      - 寺社奉行
      - 京都所司代
      - 大坂城代
      - 留守居
      - 高家
      - 大番頭
      - 町奉行
      - 勘定奉行
      - 勘定吟味役
      - 作事奉行
      - 普請奉行
      - 大目付
        - **闕所物奉行**
      - 京都町奉行
      - 大坂町奉行
      - 長崎奉行
      - 佐渡奉行
  - 奥
    - 側用人
    - 側衆
  - 大奥

闕所物奉行（けっしょものぶぎょう）

死罪や重追放などの刑に付加される闕所（財産没収）の手続き一切を取りしきる奉行。大目付の支配を受ける。

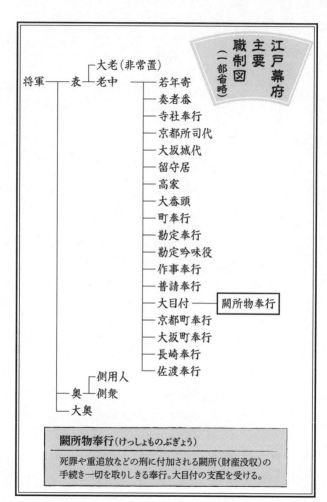

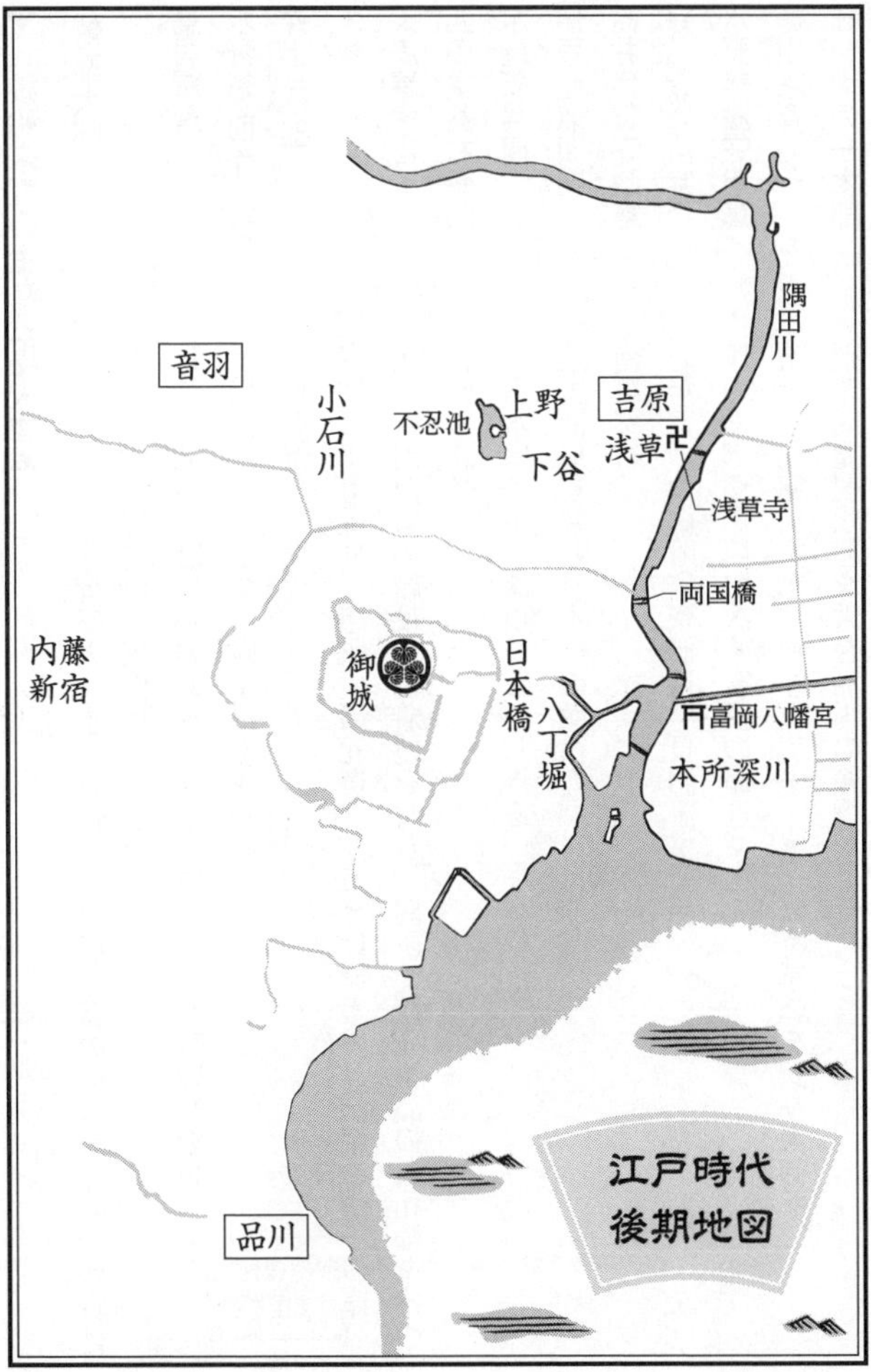
江戸時代
後期地図
音羽
小石川
不忍池
上野
下谷
吉原
浅草
浅草寺
隅田川
両国橋
内藤新宿
御城
日本橋
八丁堀
富岡八幡宮
本所深川
品川

▼『娘始末』の主な登場人物▲

榊扇太郎《さかきせんたろう》　先祖代々の貧乏御家人。小人目付より鳥居耀蔵の引きで闕所物奉行に昇進。深川安宅町の屋敷にて業務をおこなう。

鳥居耀蔵《とりいようぞう》　目付。老中水野忠邦の側近。洋学を嫌い、町奉行の座を狙う。

水野越前守忠邦《みずのえちぜんのかみただくに》　浜松藩主。老中で、勝手掛を兼ねる。

井上兵部《いのうえひょうぶ》　水野家留守居役。

朱鷺《とき》　音羽桜木町遊郭、尾張屋の元遊女。もとは旗本屋島伝蔵《やしまでんぞう》の娘、伊津。

天満屋孝吉《てんまやこうきち》　浅草寺門前町の顔役。古着屋を営む。闕所で競売物品の入札権を持つ。

西田屋甚右衛門《にしだやじんえもん》　吉原の惣名主。

水屋藤兵衛《みずやとうべえ》　船宿水屋の主。深川一帯をしきる。

伊豆屋兼衛門《いずやかねえもん》　飛脚問屋を営む日本橋の顔役。

筒井伊賀守政憲《つついいがのかみまさのり》　南町奉行。

林肥後守忠英《はやしひごのかみただふさ》　若年寄。大御所家斉側近。貝淵藩主。

水野美濃守忠篤《みずのみののかみただあつ》　西の丸御側御用取次。家斉の側近。

徳川家斉《とくがわいえなり》　第十一代徳川将軍。現在は実子・家慶《いえよし》に将軍職を譲り大御所。

狂い犬の一太郎《いちたろう》　廻船問屋紀州屋を営む品川の顔役。

第一章　遊女の自害

一

慌ただしい役宅のなか、闕所物奉行《けっしょものぶぎょう》榊扇太郎《さかきせんたろう》は一人、することもなく上座で配下の手《て》代《だい》たちの動きを見ていた。

「入札は五日後でよろしゅうございまするか」

「かまわぬ」

手代大潟《おおがた》の問いに榊扇太郎は同意した。

「天満屋孝吉《てんまやこうきち》どのはどうなさるのでございましょうか」

大潟が訊《き》いた。

闕所とは、すべての財産を取りあげる刑のことだ。死罪や重《じゅう》追放などに付加されるものので、単体で科せられることはなかったが、家屋敷はもとより、罪によっては家財まで収公された。

収公された財産は、競《せ》り売りにかけられた後、幕府勘定方へ納められ、江戸市中の道、橋など、通行にかんする補修の費用として使われた。

この手続きいっさいをおこなうのが、闕所物奉行の役目であり、天満屋孝吉は入札に参加する権利を持った古着屋であった。

「そういえば、来てないな」

入札とはいえ、それは表向きであり、実際は扇太郎と親しい天満屋孝吉の一人舞台であった。天満屋孝吉には闕所物品見積もりの権が与えられており、他の入札者より早くに品物を見ることができる。見積もったなかで気に入ったものがあれば、天満屋孝吉は入札を待たずして手にできた。その権利を、今回天満屋孝吉が行使していなかった。

「めぼしいものがなかったのか」

「それでも来なければなりますまい」

扇太郎の意見に大潟が首を振った。

入札と見積もりの両方を受け持つのは、大いなる優位であった。なにせ、己《おのれ》で値段をつけ、他人に見せることなく購入できるのだ。百両の値打ちのあるものを五両と見積もっても、誰《だれ》も文句を言わない。それでは見積もり役だけが大儲《おおもう》けをしてしまう。幕府の決まりではないが、代々の慣習として見積もり役にも枠が嵌《は》められていた。

気に入らないものしかなくとも、いくつかの物品を購入しなければならないのである。

これを守らなければ見積もり役から外されてしまうことになった。

「そういえば、見積もりに来たのも天満屋ではなかったな」

「はい。仁吉《じんきち》でございました」

仁吉は古着屋としての表の顔ではなく、浅草の顔役として睨《にら》みをきかせている天満屋孝吉の右腕と目されている男である。

「訪ねてみるか」

「では、若い者を行かせましょう」

大潟が立ちあがろうとした扇太郎を制した。

「いや。吾《われ》が行こう。どう見ても、吾がもっとも暇だからな」

扇太郎は、腰をあげた。

榊家は代々八十俵を取る御家人《ごけにん》であった。役目を与えられることもなく小普請組《こぶしんぐみ》として、くすぶっていたが、ようやく家格より低いとはいえ小人目付《こびとめつけ》になれた。そのときの上役が、目付《めつけ》の鳥居耀蔵《とりいようぞう》であった。鳥居耀蔵は江戸湾海防測量のおり、供に付いた扇太郎に目を付け、己の配下とすべく小人目付から、闕所物奉行へと引きあげた。

罪を犯したことで、築きあげてきたものすべてを失うのが闕所である。人のもっとも固執する金や財産を奪い取る闕所は、世の闇を見る。将来は町奉行となり幕政に参加することを目標としている鳥居耀蔵は、腹心を闕所にかかわらせることで、江戸の闇《やみ》を手にしようとしたのであった。

算勘などやったこともない扇太郎は、奉行でありながらまったく闕所に通じていない。闕所物奉行配下の手代として代を重ねてきた大潟たちがいなければ、仕事はまったく進まなかった。

「お願いしてよろしいでしょうか」

大潟が気にした。

「仕方あるまい。一気に五件もの闕所があるとは思わなかったからな」

苦い笑いを扇太郎は浮かべた。

今月に入って五軒の旗本が、行跡よろしからずという理由で絶家となった。あいまいな表現ではあったが、どの旗本も娘を借金の形《かた》に遊郭《ゆうかく》へ沈めていた。もっとも二代将軍秀忠《ひでただ》によって人身売買が禁止されたことで、遊郭へ娘を売るのは養女縁組という形を取っていた。

過去にも旗本や御家人が娘を借財の形として吉原《よしわら》や岡場所へ売ることはあった。だがこれは旗本たちの窮乏に手を差し伸べられなかった幕府の失政でもあると、今までは見て見ぬ振りをされてきた。それに手を出したのが鳥居耀蔵であった。

家斉《いえなり》付きの西《にし》の丸小姓《まるこしょう》が借金を返せず行方知れずになった事件をきっかけとして、鳥居耀蔵は、娘を遊郭へ売っていた旗本たちをあぶり出し、表沙汰にしたのだ。

表沙汰になればさすがに放置もできず、幕府は名前のあがった旗本たちを絶家改易《かいえき》とした。改易には闕所が伴う。こうして、一気に五件もの闕所を扱わなければならなくなった扇太郎たちは、多忙となったのである。

「あとは任せた。適当に切りあげて帰ってくれるように」

手代たちにそう言い残して、扇太郎は屋敷を出て浅草へと向かった。

扇太郎の屋敷は深川安宅《あたけ》町にある。富岡《とみおか》八幡宮に近い深川から浅草までは、両国橋を渡ればさして遠くはなかった。

「ごめん」

半刻《はんとき》（約一時間）ほどで、扇太郎は浅草寺《せんそうじ》門前町にある古着屋天満屋の暖簾《のれん》を潜《くぐ》った。

「これはお奉行さま」

すぐに番頭が気づいた。

「いるか」

「はい、奥に。どうぞ」

「上がらせてもらおう」

勝手知ったる他人の家、扇太郎は遠慮なく店の奥へと足を踏み入れた。

「じゃまをする」

「お奉行さま。お呼びくだされば、参りましたものを」

天満屋孝吉が、不意の来訪に驚いた。

「なに、することがないのは、吾だけだったのでな。屋敷に居ても役に立たぬであろう」

太刀《たち》を鞘《さや》ごと抜いてから扇太郎は座った。

「すぐに酒の用意を」

「かまわんでくれ」

「わたくしが飲みたいのでございますよ。一人で飲むのは少しばかり気が進まず、躊躇《ちゅうちょ》していたところで」

手を叩《たた》いて使用人を呼びながら、天満屋孝吉が言った。

「珍しいな。なにか気に入らぬことでもあったか」

常ならぬ天満屋孝吉の言葉に、扇太郎は問うた。

「狂い犬のことでございますよ」

「……あいつか」

天満屋孝吉の口から出た名前に、扇太郎も嫌な顔をした。

狂い犬の一太郎は、品川宿場を押さえる顔役であった。嘘か本当かはわからないが、八代将軍吉宗《よしむね》の隠し子であった天一坊《てんいちぼう》の末と名乗り、江戸の顔役をとりまとめて、その頭《かしら》に納まろうと動いていた。

扇太郎とも因縁のある相手であった。

「ついに表だって牙剝《きばむ》いて参りました」

「ああ」

狂い犬の一太郎は、江戸の顔役を締めるために、まず金のなる木である吉原を手にしようとした。幸い、扇太郎と吉原惣名主《そうなぬし》西田屋甚右衛門《にしだやじんえもん》によって、企《たくら》みは阻止されたが、その衝撃は江戸の裏を震撼《しんかん》させた。

「吉原はわたくしの縄張りではございませんが、もっとも近いことは確かでございまする。いわば、狂い犬の一太郎は、わたくしに喧嘩《けんか》を売ったも同然」

厳しい声で天満屋孝吉が言った。

吉原では一日に千両の金が動く。その吉原を手に入れられれば、売り上げの一割を冥加金《みょうがきん》として取りあげるだけで一日に百両、年にすれば三万六千両となる。これは七万石の大名の年収にほぼ匹敵した。それだけの金があれば、できのいい手下をゆうに百人以上養うことができる。それこそ江戸の裏を牛耳れた。

だが、吉原には大きなお守りがあった。

初代将軍家康《いえやす》が書いた御免色里の許し状である。これがあるために、幕府でも吉原には手出しできず、天満屋孝吉も黙って見ているしかできなかった。もちろん、裏で支配しようとして動いたことはあったが、吉原の持つ武力の前に、天満屋孝吉も引かざるを得なかった。

「吉原を支配するのは、天満屋の悲願だからな」

「さようで。吉原は誰の手にも渡しませぬ」

はっきりと天満屋孝吉が宣した。

「しかし、一太郎は失敗したぞ。もう吉原へちょっかいは出すまい」

手痛い反撃を受けて一太郎は、品川へ撤退したはずであった。

「あのていどで引っこむようならば、顔役なんぞできやしませんよ」

天満屋孝吉が言い切った。

「まあ、お一つ」

膳が届き、天満屋孝吉が片口を差し出した。

「遠慮なくいただこう」

　扇太郎は盃で受けた。

「なにか兆候でもあるのか」

「今はございやせんがね。それだけに怖いので」

　手酌で酒を注《つ》ぎながら天満屋孝吉が述べた。

「表から来てくれるぶんには、こちらも手の打ちようがございまする。しかし、裏で動かれたんじゃ……」

「裏……」

　酒を干した扇太郎は首をかしげた。

「わたくしの縄張りへ、一太郎が腹心を入れてくることでございまする」

「獅子《しし》身中の虫か。でも、どうやるのだ」

「簡単なところでは、浅草で店を開かせればいいのでございまする。そしてわたくしのところに冥加金を納める。そうなれば、わたくしはその店を守ってやらねばならなくなりまする」

「ふむ」

「そこへ、別の一太郎配下が打ちこめばよろしいので。店側も協力しておるわけでございますので、打ち壊しなども簡単にできまする。一回目はまだよろしゅうございます。不意のことでこちらの対応が遅れるのもまあありますゆえ。問題はこれが二回三回と重なったときで」

天満屋孝吉が頬をゆがめた。

「……天満屋は頼りにならぬとの評判が立つか」

「さようで。そうなればもう顔役なんぞやってられませぬ。そこへ人を送りこんで名前を売れば、浅草は一太郎の……」

「黙ってされるおぬしではなかろう」

「もちろんでございますよ。わたくしが浅草の顔役になるまで、どれだけ苦労したか。そう簡単に手放してたまるものですか」

扇太郎に言われた天満屋孝吉が強くうなずいた。

「ようやくわかったわ」

膳の上の肴《さかな》に箸《はし》を伸ばしながら、扇太郎は首肯した。

「そんな心配ごとがあったんじゃ、闕所どころの話ではないいな」

「闕所の件でお見えでございましたか」

「…………」

ようやく訪問の目的を理解した天満屋孝吉に、扇太郎は沈黙した。いつもの天満屋孝吉ならば、扇太郎の顔を見ただけで、その意図を読み取る。それだけ追い詰められていると、扇太郎は驚愕《きょうがく》していた。

「お旗本の闕所でございますからなあ。それにめぼしいものなどございませぬし」

「だな。なにせ、借金の形に娘を売るような連中だ。売れるものはすべて金に換えたあとであろう」

扇太郎もわかっていた。

旗本の闕所に魅力がないのは、なにをおいても武家に財産がないからであった。それともう一つ、屋敷と土地が幕府からの借りものだというのも大きかった。庶民の闕所であれば、借家でない限り、土地と家屋敷も競売の対象になった。

儲けの出ない旗本の闕所は商人にとっても、そこから袖《そで》の下をもらう役人にとっても、面倒なものでしかなかった。

「鳥居さまも嫌らしいまねをなさいますな」

天満屋孝吉が苦笑した。

「言うことをきかなかった手下への報復のおつもりだろう」

口の端をゆがめながら、扇太郎も述べた。

言うことをきかなかった手下とは扇太郎のことであった。扇太郎は命《めい》を出すだけ出し、いざというときに助けの手を伸ばしてくれない鳥居耀蔵を見限り、行方不明となった西の丸小姓の一件の裏にあったものを、老中《ろうじゅう》水野《みずの》越前守忠邦《えちぜんのかみただくに》へ渡した。今回の闕所は、それで手柄を失った鳥居耀蔵の嫌がらせであった。

「しかし、なにもなしでは、慣例に背くことになるぞ」

「わかっております。しばしお待ちを」

盃を置いて天満屋孝吉が、居間を出た。

「お待たせをいたしました」

すぐに戻ってきた天満屋孝吉が、扇太郎の前へ小判十枚を出した。

「これは、割り前でございまする」

天満屋孝吉が告げた。

見積もり役をする者には、闕所物奉行から格別の便宜が図られる代わりに、儲けの五分を差し出す決まりがあった。

「なにも買わずにか」

「わたくしの手間を省かせていただきまする。適当に買ったことにしていただき、その割り前として、お納めを」

「……わかった」

扇太郎は金を懐へしまった。

「では、これで帰るとする」

酒を飲む気が失せた扇太郎は立ちあがった。

「なあ、天満屋」

「はい」

「一つのことにこだわりすぎるなよ。吾が言うのもおかしいがな」

「ご忠告、心に留めておきまする」

頭を下げた天満屋孝吉を残して、扇太郎は店を出た。

すでに日没近くになっていた。

「思ったより長居をしたな」

来た道を戻りながら、扇太郎は独りごちた。

二

浅草から両国橋の袂《たもと》は、江戸でも指折りの繁華なところである。暮れ六つ（午後六時ごろ）を過ぎても人通りは多い。

もっとも、屋台や大道芸人たちは、日が暮れる前に仕事を終えて帰途につき、小間物屋とか古着屋などの客商売も仕舞いはじめる。合わせて女子供の姿はなくなる。

逆に、吉原や深川の岡場所への往来となるこのあたりには、煮売り屋や一膳飯屋が深夜まで店を開けており、男の足は途絶えることがなかった。

といってもその喧噪《けんそう》は両国橋をこえるまでであった。橋を渡ると一気に店の数はなくなり、人気《ひとけ》もなくなった。

「なんだ」

水路で仕切られた深川の道は狭い。路地の奥ともなると常夜灯もなく、日が落ちれば漆《しっ》黒《こく》の闇に近くなる。その闇の奥に扇太郎は気配を感じた。

「死んでくれ」

押し殺したような男の声がした。

「なぜ今ごろ」

女の声が応じた。

「家のためじゃ」

「わたくしはもう身を売りました。十分、家のために尽くしたはずでございまする」

男の求めに、女が抗《あらが》った。

「そなたが生きておれば、家が潰《つぶ》されるのだ。理解してくれ」

「嫌です」

男を振り切った女が、扇太郎のほうへ駆けてきた。

「待て」

続いて男が姿を見せた。

「お助けを。わたくし富岡八幡宮前の料理屋相模《さがみ》の女中を務めておるものでございまする」

扇太郎を認めた女がすがった。

「相模の女か」

「はい」

確認する扇太郎に女が首肯した。

相模とは富岡八幡宮前にある岡場所の一軒である。女はそこの遊女だと告げた。

「あれは……」

少し離れたところで睨みつけている男を扇太郎は見た。

「…………」

女が黙った。

「間夫《まぶ》にしては、少し老けているようだが」

「貴殿にはかかわりのないことである。ゆえなきまねをなさらず、そうそうにお立ち退《の》きありたい」

男が扇太郎へ言った。

「こうやってすがられておるのだ。ゆえなきとは言えないな。拙者は闕所物奉行榊扇太郎である。貴殿は」

「闕所物奉行……」

名乗りを聞いた男が絶句した。

「こちらは名乗った。礼儀として返すべきではないのか」

「…………」

沈黙したまま男は答えなかった。

「袖《そで》、頼む。家のためじゃ。三河《みかわ》以来の家を救うためだと思い、身を処してくれい」

言い残すと男が踵《きびす》を返した。

「親御どのではないのか」

「…………」

今度は袖が黙った。

「どうする。見世《みせ》まで送るか。もめ事ならば水屋《みずや》へ行くほうがいいか」

「水屋さままでお願いできましょうか」

袖が口を開いた。

「わかった」

水屋藤兵衛《とうべえ》は、深川を牛耳る顔役である。天満屋孝吉の紹介で知り合い、扇太郎も何度か顔を合わせていた。天満屋孝吉が表向き古着屋をやっているように、水屋藤兵衛は船宿を経営していた。

「おめずらしい。女連れでございますな。おや、朱鷺《とき》さまじゃございませんな」

訪れた扇太郎を出迎えた水屋藤兵衛が、目を見張った。

「そこで拾った。相模の女だそうだ」

扇太郎は背中に隠れるようにしている袖を前へ出した。

「相模の……おまえは誰だい」

「……相模の遊女、霧《きり》でございます」

袖が源氏名《げんじな》を名乗った。

「その遊女が、今ごろ一人でなにをしているのかい」

続けて水屋藤兵衛が詰問した。

日暮れの遊女は忙しい。泊まりの客と日帰りの客が混在する稼ぎどきであった。

「呼び出されまして」

ためらうように霧が言った。

用件と相手を見世の主《あるじ》に告げて許しをもらわなければならなかったが、岡場所の遊女といえども、外に出ることはできた。もっとも、足抜けを警戒して、なかなか許可は出ないのが普通であった。

「ほう。誰に」

「父でございまする」

扇太郎には黙っていられても、深川の顔役に問われて返答しないわけにはいかなかった。

「話しなさい」

水屋藤兵衛が、先を促した。

「拙者は遠慮しよう」

これ以上聞くのは気兼ねだと、扇太郎は断った。

「畏れ入りまするが、おつきあいのほどを」

背を向けようとした扇太郎を水屋藤兵衛が止めた。

「この女の話が正しいかどうか、わたくしでは判断できませぬ。見ておられたお奉行さまのご意見も伺いたく」

「……わかった」

水屋藤兵衛に頼まれて否《いな》やは言えなかった。扇太郎には水屋藤兵衛にいろいろと無理をしてもらった経緯があった。

「お茶を」

「白湯《さゆ》にしてくれ。今ごろ茶を飲めば、夜眠れなくなる」

「おい、白湯を二つだ。あと誰か、相模へ行ってこい。霧がうちにいるとな。見世の主が心配しているだろう」

扇太郎の注文に応じた水屋藤兵衛が、もう一つ手下に命じた。

「さて、事情を聞こう」

「……はい」

一瞬ためらった霧だったが、肚《はら》を決めたように話し出した。

「父に死ねと言われたか」

苦い顔を水屋藤兵衛がした。

「なんでも、娘を売った旗本が取り潰されているとかで」

霧が小さな声で述べた。

「お奉行さま」

「ああ。事実だ。といったところで今のところ五つだけだがな」

水屋藤兵衛に問われて扇太郎は首肯した。

「御上《おかみ》のなさることは、よくわかりませんな」

嘆息して水屋藤兵衛があきれた。

「事情は理解しました。で、おまえは死ぬ気かい」

「死にたくありませぬ。わたくしはもう家のために身を売りましてございまする。苦界《くがい》に身を落とすというのは、女にとって死んだも同然。死人は死ねませぬ」

霧が首を振った。

「たしかにな。わかった。人を付けてやるから、見世へ戻りなさい」

霧を帰した水屋藤兵衛が扇太郎を見た。

「今さら人身売買もございませんでしょう」

「ああ」

「お旗本衆が窮乏されているなど、百年も前からのこと。娘御を苦界に沈めるなど、過去いくらでもございました。それを咎《とが》め立てるなど、御上の無策を拡めて歩くようなもの」

水屋藤兵衛の言うとおりであった。

どう言いわけしたところで旗本、御家人は徳川の家臣なのだ。主君と家臣の関係は、恩と奉公にある。これは鎌倉以来変わらない武士の本質である。言いかたを変えれば、恩は禄《ろく》のことであり、奉公とは忠義に当たる。すなわち主君は家臣へ生きていくだけの禄を与える義務があった。今の徳川はそれをしていない。幕府の創立以来何一つ変えることなく、ときを過ごしたひずみが、旗本たちの困窮に繋《つな》がっている。その根本を訂正しようとせず、旗本や御家人を罰するのは、己の無策を示すことでしかなかった。

「耳が痛いな。一応これでも御上の役人だぞ」

遠慮しない水屋藤兵衛へ、扇太郎は苦笑した。

「ご無礼を申しあげました。ところで、一つお伺いしたいのでございまするが、吉原や岡場所にも咎は及んでおりまするので」

水屋藤兵衛が訊いた。

「いいや」

「それはまた、ずいぶんと釣り合わぬことを。人身売買には、売る者と買う者が要りましょう。売る者だけを罰して、買う者を咎めないとは。理不尽な」

「吉原には御免状があるからな。なにより、人身売買を否定すれば、遊郭は成立しなくなる。表向きさえ取り繕《つくろ》ってくれれば、御上は口出ししない」

「それでまあ、よく、潰されたお旗本たちが、文句を言われませぬな」

「言えまいよ。娘を売るなど、旗本どころか侍として恥だからな。遊郭との喧嘩両成敗などと騒げるはずもない」

扇太郎は説明した。

「さて、面倒をかけたな」

「いえいえ。深川のなかでのもめ事でございまする。お奉行さまがいらっしゃらなければ、あの霧は親に殺されていたかも知れませぬ。ありがとうございました」

礼を言う水屋藤兵衛に見送られて、扇太郎は船宿を後にした。

貧乏御家人の家に門番などいない。扇太郎は己で潜り門を押し開けて、屋敷へ入った。とっくに五つ（午後八時ごろ）は過ぎている。手代たちの姿はなく、玄関の戸は固く閉じられていた。

勝手口へ回った扇太郎を、朱鷺が出迎えた。

「お戻りなさいませ」

「ああ」

腰の太刀を鞘ごと抜いて、朱鷺に渡し、扇太郎は居間へと入った。

「夕餉《ゆうげ》を」

「はい」

すぐに膳が用意された。

「…………」

扇太郎が食事を終えるまで、朱鷺は部屋の隅で控えている。何度一緒に食べるようにと言っても、決して応じない。

「先ほどな」

菜の煮物と漬け物、汁だけで飯を五杯たいらげた扇太郎は、白湯を手に語り始めた。

「……くっ」

霧のことになったとき、朱鷺が頬をゆがめた。

榊家の使用人の体《てい》をとっている朱鷺であるが、その出は百八十石の旗本の長女であった。小普請組からの脱却を目指し役付になることを願った父が、要路へ撒《ま》く金を借りた。しかし、役目に就けず、借金だけが残った。朱鷺はその形として音羽桜木《おとわさくらぎ》町の岡場所へ売られた。その見世がもめ事を起こし、闕所となった。

闕所では年季奉公の女も財産と扱われ、競売の対象となる。朱鷺は扇太郎を自家薬籠《やくろう》中《ちゅう》のものにしたいと考えた天満屋孝吉によって買い取られ、そのまま賄賂代わりとして送りこまれたのであった。

霧の話は朱鷺にとって身につまされるものであった。

「大丈夫だとは思うが、気をつけておくようにな」

「……はい」

朱鷺が首肯した。

扇太郎の懸念は、朱鷺の父親にあった。

朱鷺のいた岡場所の遊女屋が闕所に遭ったことは、大きな噂《うわさ》になっていた。当然、朱鷺の父も耳にしているはずであった。しかし、朱鷺の行方を知っているかどうかはわからなかった。

徳川家康の許した吉原だけが遊郭として認められていた。それ以外の岡場所は、すべて違法であった。吉原からの訴えがあれば、町奉行所は岡場所の手入れに出た。もっとも現実として、色々しきたりにうるさく、行ってすぐ女を抱けるわけでもない吉原よりも、手っ取り早い岡場所の人気が高く、なかなか町奉行所も取り締まれない。とはいえ、神君家康公の御免状を盾《たて》に要求されれば、町奉行所も動かざるを得なくなる。手入れを受けた岡場所は潰され、見世の主は入牢《じゅろう》となり、属していた遊女たちは、吉原へ払い下げられた。

吉原は女の城である。見世の看板を背負って立つ太夫《たゆう》から、線香一本燃え尽きるまでの間をいくらと決めて股を開くちょんの間《ま》まで、遊女の数は数百人をこえる。また、妓《おんな》は独特の源氏名を名乗り、俗世とのかかわりを捨てている。吉原で一人の女を捜すことは、海に投げこんだ針を見つけるのと同じくらいの難題であった。

なにより吉原は苦界であり、そこに住む者は人として扱われない。人別《にんべつ》もなければ過去も失うのだ。旗本がそのような身に落ちた娘とかかわりたいと思うはずはなかった。しかし、今回多くの旗本が娘を苦界に沈めた罪で潰されている。それに危惧《きぐ》を抱けば、どのようなまねに出るかは、霧の父親を見てもわかる。

「…………」

無言で朱鷺がうなずいた。

三

江戸で遊女たちの自害が続いた。

「今朝も本所《ほんじょ》の岡場所で一人、首をくったそうでございますよ」

天満屋孝吉が報《しら》せに来た。

「わたくしの知っておるだけで八名になりましょうか」

扇太郎の問いに天満屋孝吉が答えた。

「いい気はしないな」

「お奉行さまのせいではございませんよ」

苦い顔をする扇太郎を天満屋孝吉が慰めた。

「もとはといえば、娘を売り飛ばした親が悪いのでございますから」

「しかし、鳥居のちょっかいを呼んだのは吾だ」

扇太郎は、嘆息した。

「はたしてそうなのでございましょうかね」

天満屋孝吉が首をかしげた。

「どういう意味だ」

「あの鳥居さまが、お奉行さまへの嫌がらせだけで、ここまでのことを起こされるとは思えないのでございまするが」

疑問を天満屋孝吉が呈した。

「もし、お奉行さまを痛めつけられるなら、さっさと闕所物奉行から外せばすむだけでございましょう。無役の御家人では、なにもできませぬ」

「……たしかにな」

言われて扇太郎も同意した。

「では、なんのために」

「そこまではわかりませぬ」

天満屋孝吉が首を振った。

「ところで、闕所のお話はどうなっておりまする。あれから、ご連絡がないようで」

「連絡しようにも、闕所がないからな」

扇太郎は述べた。

「……待てよ。拙者への嫌がらせならば、もっと闕所がなければならぬはずだ」

ふと扇太郎は気づいた。

「娘を遊女屋に売った。今まで見逃されてきたこれが、罪となった。いわば、前例ができたのだ。江戸中の御家人、旗本で娘を遊郭に売ったり、町人の妾《めかけ》にした者は、百やそこらではきくまい」

「はい」

はっきりと天満屋孝吉が同意した。

「なのにあれ以降、それで闕所を喰《く》らった旗本はない。どういうことだ」

「一罰百戒と捉《とら》えれば、おかしな話ではないとも言えますな」

数人を見せしめにすることで、今後はするなと警告したのではないかと、天満屋孝吉が言った。

「ならばいいが……」

扇太郎は納得いかないものを感じていた。

「なんにせよ、気をつけておかなければならぬということか」

「はい」

「一太郎はどうしている」

話を扇太郎は変えた。

「品川でじっとしているようでございますがね。実際はどうだかわかりませぬ」

「今度の女たちの一件に絡んでいる様子もないか」

「そういえば、品川で遊女の身投げとか首つりの噂を聞きませぬな」

言われて天満屋孝吉が思案に入った。

もともと遊女の自害はままあることだった。それこそ昨日まで男を知らないおぼこだった娘が、翌日から、金で買われて、見知らぬ男に抱かれ続ける。が、そのうち男に組み敷かれていてもなにも感じなくなる。そうなってしまえば、一人前の遊女として生きていける。しかし、そこまで心がもたない者もいる。身体はもっても心が耐えられなくなった者は、遊女として見世に出された三カ月以内に、自らで結末を迎えてしまう。

「ちょいと調べてみるべきかも知れませんね」

「大丈夫か。品川は代官を始め、皆一太郎の息がかかっておるぞ」

先日扇太郎は、代官の配下の手代によって、身柄を押さえられていた。水野越前守忠邦の手配で無事にすんだが、一つまちがっていれば殺されていた。

「ご心配に感謝します。ですが、ご懸念なく。こちらも黙って見ているだけではございませんので」

「品川へ人を入れたか」

「…………」

黙って天満屋孝吉が小さく笑った。

「天満屋のことだ。抜かりはないと思うが、気をつけてな」

「わたくしだけではございませんから」

「ほう」

天満屋孝吉の答えに、扇太郎は驚いた。

「江戸の顔役一同が、一太郎を危険だと見たわけか」

「はい」

扇太郎の推察を天満屋孝吉が認めた。

「一太郎は愚かだな。江戸の顔役全部を敵に回す。これは、町奉行所を相手にするより厳しい」

「火遊びには火傷《やけど》が付きもの。ものの分別の付かない子供を叱ってやるのは、大人の仕事でございまする」

淡々と天満屋孝吉が告げた。

「子供か。たしかに、あれは子供だ。怖いもの知らずのな」

扇太郎もうなずいた。

「そうだ。忘れるところであった。天満屋、しばし待て」

立ちあがって扇太郎は居室を出た。

「白湯のお代わりを」

入れ替わるように朱鷺が入ってきた。

「顔色がいいじゃないか。どうやら、お奉行さまにちゃんと可愛いがってもらっているようだね」

「…………」

朱鷺が無言で茶碗を取り替えた。

「子供はできないのかい」

「できない」

短く朱鷺が否定した。

「男が女のなかへ精を放つ。子供ができて当たり前なんだが、やはり遊女あがりは孕《はら》みにくいのかねえ」

朱鷺の下腹あたりを天満屋孝吉が見た。

「いいかい。おまえさんが、ちゃんとお奉行さまを捕まえておかなければいけないんだよ。男というのはね、女ができ、子を作ってようやく馬鹿をしなくなる。お奉行さまに役目を外れてもらってはわたしも困るが、おまえさんもまずいんだよ。今は、お役に就いておられるから、世間は何も言わないが、無役になった途端、おまえさんのことを突《つつ》きだす輩《やから》が現れてくるよ。それがなにを意味するかは、言わなくてもわかるだろう」

「…………」

ふたたび朱鷺が沈黙した。

「待たせたな……なにかあったのか」

雰囲気の変化を扇太郎は感じ取った。

「いえね。ちょいと朱鷺さまをからかっていたのでございますよ。お奉行さまの寵愛《ちょうあい》ぶりが、よくわかる顔色だと」

明るい声で天満屋孝吉が述べた。

「これで……」

一礼して朱鷺が去っていった。

「あまりいじめてくれるな」

苦笑しながら扇太郎は座った。

「とんでもございませぬ。わたくしは褒《ほ》めただけでございますよ」

表情を変えることなく、天満屋孝吉が言った。

「まあいい。これを持って帰ってくれ」

「これは……」

「先日、金をもらったではないか。闕所の割り前は、儲けの五分が決まり。なにもなしで金だけもらうのは、さすがに気兼ねでな。銘刀とまでは言えぬが、そこそこの値は付きそうな刀を二つ、競売から外しておいた」

怪訝《けげん》そうな顔をする天満屋孝吉へ、扇太郎は説明した。

「義理堅いことで」

「あの天満屋が儲けもないのに金を出すなんてと、手代たちも気味悪がってな」

闕所の儲け、その見返りは、闕所物奉行や手代たちの大きな収入源であった。

「ずいぶんな言われようでございますな」

苦い笑いを天満屋孝吉が浮かべた。

「せっかくのご厚意、遠慮なくいただきまする」

「そうしてくれ。その二本は闕所目録には載せていない。勘定方へ金を払わずともよい」

闕所によって得られた金はすべて勘定方へ納めなければならなかった。扇太郎は、刀二本を隠したと述べた。

「畏れ入りましてございまする。では、これにて」

礼を口にして、天満屋孝吉が帰っていった。


五件あった旗本の闕所も一段落ついた夜、榊家の門が叩かれた。

「お客……」

扇太郎の給仕をしていた朱鷺が、腰をあげかけた。

「いい。吾が出よう」

朱鷺を制して、扇太郎は立ちあがった。

まともな武家では、女を応対に出すことはない。

「夜分にご免をこうむりまする」

「どなたか」

「西の丸下より参りました」

来訪者がかろうじて聞こえるほどの小声で告げた。

「……西の丸下」

扇太郎は絶句した。

西の丸下で扇太郎が思いあたるのはただ一つ、老中水野越前守忠邦であった。

「ただちに」

急いで扇太郎は大門を開けようとした。

「お待ちを、潜り門でけっこうでございまする」

目立ちたくないと来訪者が言った。

「これは気づかぬまねをいたしました」

詫びながら、扇太郎は潜り門の桟《さん》を外した。

「ご無礼をつかまつる」

すばやく潜り門を一人の侍が通った。

「拙者、西の丸下の家臣で岩崎匠之介《いわさきたくみのすけ》と申しまする」

「闕所物奉行、榊扇太郎でござる」

身分からいけば、御家人である扇太郎が、陪臣の岩崎よりも上になる。だが、相手は飛ぶ鳥を落とす勢いの老中の家中なのだ。扇太郎はていねいに応対した。

「ご用件は」

「主がおいでいただきたいと申しておりまする」

「今からでござるか」

「はい」

岩崎が首肯した。

「承知いたしましてござる。身形《みなり》を整える間、お待ちくだされ」

「かたじけのうございまする」

扇太郎の許諾を得て、岩崎がほっとした顔をした。

深川から西の丸下まではかなり遠い。すでに暮れ五つ半（午後九時ごろ）を過ぎていた。四つ（午後十時ごろ）になれば、町内を仕切る木戸は閉じられる。

「本日は、当家でお休みくださいますようにと主が」

「お手数をおかけする。家人にそう伝えまする」

奥へ引きこんだ扇太郎は、朱鷺に着替えを手伝わせながら、今夜は帰宅しないと述べた。

「お気をつけて」

朱鷺に見送られて、扇太郎は岩崎と同道した。

「委細はすべて、主からお聞きくださいますよう」

そう岩崎が言ったこともあって、二人は無言で夜の江戸を歩いた。

「越前守が家人でござる」

門限を過ぎ、閉じられていた江戸城の諸門も、岩崎が名乗ることで通過できた。もちろん、潜り門を開けてもらうだけである。

四つ過ぎに、扇太郎は水野越前守の屋敷へと着いた。

「お呼びと伺いまして」

待つこともなく、扇太郎は水野越前守の前へと通された。

「御用繁多のおり、遅くにすまなかったな」

水野越前守が、ねぎらいの言葉をかけた。

「いえ」

「酒でも出すべきなのだろうが、御用がまだあるのでな。後ほど、用意させよう」

「どうぞ、お気遣いなく」

要らないと扇太郎は辞退した。

「さっそくだが、話に入らせてもらおう」

一応の礼儀としての応対をすませた水野越前守が、切り出した。

「ここ最近の噂を知っておるか」

「遊女どもの件でございまするか」

他に思いあたることもなく、扇太郎は答えた。

「うむ。それについて、榊《さかき》はどう思うか」

じっと水野越前守が扇太郎を見つめた。

「言葉がよろしくないことは、ご勘弁願いまする。証拠の隠滅でございましょう」

「証拠の隠滅か。人に使うべきではないが、儂《わし》もそのように思う」

水野越前守が同意した。

「なげかわしきことじゃ」

小さく水野越前守が嘆息した。

「たしかに、旗本、御家人の内証が窮迫しておることは、我ら執政衆も知っておる。しかし、幕府にも金がないのだ。とてもではないが、新たに加増してやることなどはできぬ」

「…………」

口を挟むべきではないと、扇太郎は黙って聞いた。

「かといってなにもしておらぬわけではないぞ。なんとかして幕府の財政を豊かにしようと努力しておる」

水野越前守が続けた。

「しかし、なにをしようにも反対する者どもがおる。徳川家百年の安泰を考えることが、老中の仕事だというに……」

不満を水野越前守が口にした。

「小身のそなたに言うても詮《せん》ないことであった」

「…………」

無言で扇太郎は、頭を下げた。

「情けない話ではあるが、当分の間、旗本や御家人たちの救済はかなわぬ。かつて足利将軍が布告した徳政令なども考えてはおるが、簡単にできるものではない」

徳政令とは、今ある借金を棒引きにするものだ。困窮した武士たちの大いなる救いとなるのは確かであるが、出されては金を貸している商人たちはたまらない。出るとの噂だけで、大反対が起こる。

「もっとも徳政をしたところで、効果は一時《いっとき》であろう。借財を重ねておる旗本たちが、己の禄でやりくりするようにならねばな」

「仰せのとおりでございまする」

水野越前守の話を扇太郎は理解した。

「だからといって、このまま見過ごすわけにはいかぬ。旗本が娘たちを身売りするだけでも論外であるに、さらに死を強いているなど、人として、してはならぬことだ」

「はい」

扇太郎もうなずいた。

「自害した遊女たちは、どうなっておるのだ」

「死した遊女たちは、無縁仏として葬られるのが決まりでございまする」

問われて扇太郎は答えた。

「親元が引き取るのではないのか」

「引き取りなどはいたしませぬ。死したとき遊女であったというのは、まだ借財が残っている証《あかし》でございまする。遺体を引き取るには、その金を工面しなければなりませぬ。また、ご存じのとおり、武家の娘が遊女となるについては、表向き遊女屋への養女として出しておりまする」

「養女か。ならば、親元は遊女屋となるな。ふむ」

しばし水野越前守が目を閉じて考えた。

「旗本の娘を町人の家へ養女に出すことを禁じるか……」

「………」

思案の邪魔をしないよう、ふたたび扇太郎は黙った。

「ふむ。いっそ町人との縁組いっさいを禁じるか。そうすれば、株《かぶ》の売り買いも止められるな」

水野越前守が呟《つぶや》いた。

株の売り買いとは、金に窮した旗本や御家人が、代々の系図を町人などへ譲り渡すことである。もちろん系図の売買などは禁止されているので、養子という形を取り、代金は持参金として表を繕《つくろ》う。

金はあるが名誉の欲しい町人たちは、たとえ三十俵二人扶持《ぶち》の同心《どうしん》でも、侍身分を手に入れられるとなれば、数百両の金を惜しげもなく出す。旗本たちは、長年苦しんできた借金を清算できるうえ、形だけとはいえ、家を買ってくれた裕福な町人の親になるのだ。死ぬまで生活の面倒は見てもらえる。

双方にとって利点があるだけに、株の売り買いは、幕府の禁止にもかかわらず、なくならなかった。もちろん、幕府に知られれば売った旗本は切腹、家は改易、買った町人は重追放のうえ闕所となった。

「御家人が何人も腹を切ることになりまする」

深川の貧乏御家人である扇太郎は、思わず口にしてしまった。

「それほどまでに厳しいか」

「厳しゅうございまする」

「申してみよ」

「わたくしを例に取らせていただきまする」

促されて扇太郎は、背筋を伸ばした。

「榊の家の家禄は八十俵でございまする。これはご存じのとおり玄米支給、精米すれば、七十俵ほどしか残りませぬ。このうち三十俵ほどは、食い扶持として現物で消費しまする。金にできるのは、残り四十俵。石《こく》になおして十二石。一石一両として十二両になりまする。もっともこの金への交換は札差《ふださし》に依頼いたしますので、手数料を引かれ、手元に残るのは十両少し。無役であれば、ここから小普請金《こぶしんきん》を一両納めなければいけませぬ」

小普請金は百俵で一両二分と決められていた。八十俵ならおよそ一両になる。

「手取りは九両ほどか。しかし、米は現物があるのだ。やっていけぬことはあるまい」

「生きてはいけましょう。ただし、御家人としての体面をすべて捨てればでございまするが」

「体面か」

「さようでございまする。剣の修行もせず、衣服も身形も整えず、ただ無為徒食するだけでよければ」

「それでは、いざというときの役に立たぬではないか。旗本御家人は、一朝有事の際、上様の御前で戦うためにある」

扇太郎の言いぶんに、水野越前守が唸《うな》った。

「旗本御家人としての体面を維持するには、武具も手入れせねばなりませぬ。武術も学ばねばなりませぬ。なれど、その金がないのでございまする。得るには役目に就き、役料をいただかねばなりませぬ」

「すべての旗本御家人に役目を与えることはできぬ」

「なればこそ、少ない役目を奪い合うこととなるのでございまする。しかも、小普請から抜け出すには、小普請組頭あるいは、要路にあるお方から推薦をいただかねばなりませぬ。そのためには金が要りまする」

「問題はそこにあるか」

腕を組んだ水野越前守が、黙った。水野越前守も老中になるため、唐津《からつ》から浜松への国替えや、役付への推挙などで、かなりの金を撒いた。賄賂の全面禁止を水野越前守が言い出すことはできなかった。

「…………」

しばしの沈黙が流れた。

「旗本どもの闕所はどうであった」

水野越前守が話題を変えた。

「無事すみましてございまする」

「いや、どのくらいの金になった」

扇太郎の答えに、水野越前守が問いなおした。

「五件全部合わせまして、およそ四十五両でございました」

「少ないの。皆旗本で数百石取りの者ばかりであったはずだが……一軒あたり十両に満たぬとは」

水野越前守がそんなはずはあるまいと言った。

「娘を売るほどに差し迫っておったのでございまする。売るものがあっただけましでございましょう」

「売るものがあっただと。娘よりも大事なものか」

「刀、槍《やり》、鎧兜《よろいかぶと》などの武具でございました」

「さすがというべきなのであろうな」

聞いた水野越前守が苦い顔をした。

「…………」

同意も否定も扇太郎は口にしなかった。

「わかった」

水野越前守が、一度言葉を切った。

「榊、そなた吉原と繫がりがあろう」

「……ございまする」

知られているならば隠す意味はなかった。

「西田屋甚右衛門どのと懇意にしていただいておりまする」

かといって御免状のことを言えるわけはなかった。吉原を不落の城としている神君家康の御免状が、すでに失われていると知れば、水野越前守はまちがいなく吉原を潰しにかかる。

庶民へ諸事倹約を命じ、浮かれた世相を引き締めることで物価の上昇を止め、下げさせようと考えている水野越前守にとって、吉原ほどじゃまなものはない。

「榊、そなたに任を命じる」

「わたくしは闕所物奉行でございまする。範疇《はんちゅう》をこえてのお役は承れませぬ」

無駄と知りつつ扇太郎は一応の抵抗を試みた。

「闕所にかかわることである。そなた以外の誰ができると申すか」

冷たい目で水野越前守が告げた。

「要らざることを申しました」

扇太郎は詫びた。

「娘を売った旗本や御家人を捜し出し、咎め立てはせぬと伝えよ」

「ご老中さま、さすがにそれは無茶でございまする」

「どこが無茶なのだ」

水野越前守が問うた。

「娘を売った旗本などを見つけるのは無理でございまする。買った遊女屋は決して、妓の素性を明かしませぬ」

大きく扇太郎は首を振った。

遊女屋にとって妓は財産であった。財産ではあるが、下手《へた》をすればもめ事のたねともなった。借金を抱えている家の娘を買い取ったとき、貸し主が文句をつけてくる場合があった。金を貸していたほうにすれば、取り立てられる最後の現物を取られたようなものである。当然、借金の形として取り返しに来る。

「それをなんとかしてみせよと言っておるのだ」

厳しい声で水野越前守が命じた。

「これ以上、江戸で遊女の自害が続き、評判となれば、吉原以外の遊郭があることを公表するようなものじゃ。となれば、町奉行の責任を問わねばならなくなる。町奉行が代われば、榊にも影響は出よう。とくに、今回のように世情が不安定なときであれば、厳格な者を町奉行とせねばな」

「……それは」

扇太郎は言葉を失った。

闕所物奉行は大目付《おおめつけ》の配下である。しかし、闕所という仕事は、大目付より町奉行所と密接にかかわる。町奉行が代われば、与力、同心の雰囲気が違ってくる。袖《そで》の下いっさいを認めない厳格な町奉行が誕生すれば、与力、同心も金を受け取らなくなる。闕所の分配、その一部を町奉行所の与力、同心へ渡すことでなにがしかの便宜を図ってもらっている扇太郎にとっては、痛い。

「鳥居耀蔵などが町奉行にはよいかも知れぬ」

「……くっ」

思わず扇太郎は、呻《うめ》いた。

「町人たちと接する町奉行所の者どもは、染まりやすい。気風も風体も、町方の者どもは、粋を誇って武家風を嫌がる。町人から金をもらうのも当然になっておる。少し気になったので、調べさせたところ、南北両町奉行所におる二百四十名の同心のうち、町方より妻を娶《めと》っておる者がじつに三十名以上いた。これはゆゆしき事態である」

水野越前守が、述べた。

「町人より嫁を取る。これは同じ町方や、大番組《おおばんぐみ》の同心たちの娘の行き先が減ったことである。余った娘たちはどうなる。嫁ぎ先のない娘をいつまでも養えるほど、同心に余裕はない。まだ町人の嫁になった者はよい。なかには、妾になる者もおる。武家の娘が町人の妾など、身分の枠を壊す行為でしかない」

「…………」

「このようなありさまで、庶民へ倹約を命じても実効などあるはずもない。まずは、町方を引き締めねばならぬ」

じろりと水野越前守が扇太郎を見た。

「余が鳥居耀蔵を推す理由がわかったか」

「……はい」

扇太郎はうなずくしかなかった。

「もっとも、今の町奉行に問題がなければ、更迭《こうてつ》する理由はない」

「どこまでできるかわかりませぬが、尽力をいたしまする」

「やってみせい」

水野越前守が、扇太郎の気弱な言い様を押さえつけた。

「承知いたしましてございまする」

扇太郎は平伏した。

四

一夜、水野越前守の上《かみ》屋敷、その空き長屋で過ごして、扇太郎は明け六つ（午前六時ごろ）に西の丸下を後にした。

「どうするか」

扇太郎は独りごちた。

どの妓が旗本の娘か教えてもらわずとも、そちらから連絡をしてくれるであろう西田屋甚右衛門が支配する吉原はまだよかった。

問題は岡場所であった。法度に違反している岡場所は、表向き妓ではなく、女中、仲居などと称して、ごまかしをおこなっている。取り締まりをする町奉行所へは十分な金も効いているうえ、地元の顔役とも繋がっているのだ。闕所物奉行どころでは、鼻さえ引っかけてはくれない。

「浅草と深川は、なんとでもなる。天満屋と水屋に頼めばいい」

違法な岡場所だけに、地元の顔役との関係は重視している。顔役に睨まれれば、商売は成りたたない。

「残りが……」

大きく扇太郎は嘆息した。

「榊」

考えながら歩いていた扇太郎は、西の丸を出たところで呼び止められた。

「おぬし……」

声をかけてきた相手を見て、扇太郎は驚愕した。

「小高源三《こだかげんぞう》ではないか」

「久しいな」

右手をあげて小高が笑った。

小高源三は、小人目付である。幕臣とは名ばかりの二十俵三人扶持と薄禄ではあったが、武芸に通じ、若くして小人目付となり、二十年以上勤めあげている老練な役人である。かつて小人目付だった扇太郎の同僚であった。

「お役目の途中であろう」

小人目付は、目付の下役で、外出のおりの供などをした。

「役目には違いないが……おぬしに用なのじゃ」

「拙者にか」

言いにくそうな小高に、扇太郎は確認を取った。

「ああ。お目付さまが……鳥居さまが、おぬしを呼んでおられる」

「鳥居さまが」

扇太郎は思わず頬をゆがめてしまった。

「気をつけろ。そのような顔、お目付さまの前で出せば、終わるぞ」

小高が忠告した。

「ああ。そのようなへまはせぬ」

慌てて扇太郎は平静を装った。

「鳥居さまは、大番屋《おおばんや》におられる」

「大番屋か」

「伝えたぞ。急げ」

小高が念を押して離れていった。

「……なぜ、小高がここにいた。吾を探していたと言っていた……」

大番屋へ向かって歩き出しながら、扇太郎は怪訝《けげん》に思った。

「朝一番に吾を探すならば、屋敷へ人を出すべきだ。西の丸から出てくるとは考えられぬ。……見張られていた。吾が……」

扇太郎は足を止めた。

「なんという……」

目付の権は、大きい。将軍と直接話をすることができ、老中さえも監察できた。その目付ともあろうものが、たかが闕所物奉行を見張る。鳥居耀蔵の執念に扇太郎は背筋が粟立《あわだ》つのを覚えた。

かといって鳥居耀蔵の引きで闕所物奉行になれたのは確かである。世間では、誰もが扇太郎を鳥居耀蔵の配下と見ていた。

「行かねばなるまい」

大番屋は、八丁堀《はっちょうぼり》の東、山王御旅所の近くにある。入牢前の罪人を一時拘留したり取り調べたりする場所としてあり、町奉行所だけでなく、目付、徒目付《かち》らも利用した。

「御免。こちらにお目付さまが……」

「遅い。入ってこい」

用件を言い切る前に、なかから叱声が飛んだ。

「はっ」

急いで扇太郎は、大番屋の戸障子を開けた。

なかには、鳥居耀蔵しかいなかった。常駐しているはずの小者《こもの》さえいなくなっていた。

「お呼びだとか」

用件は予想できていたが、扇太郎は問うた。

「訊かずともわかろう。話せ」

氷のような声で鳥居耀蔵が命じた。

「わたくしを見張っておられましたか」

「……うぬぼれるな。きさまごときに目を付けるほど暇ではないわ」

「では、ご老中さまを……」

扇太郎は絶句した。

目付が老中の上屋敷を見張る。ありえないことではなかった。目付には江戸城中における監察の権が与えられていた。もっとも大名を監察するのは大目付《おおめつけ》であり、鳥居耀蔵のやったことは、越権行為である。しかし、大目付が名誉職となり、その役目が形だけとなっている今、老中に明らかな非が見つかれば、鳥居耀蔵のやったことは、咎め立てられなかった。

「なにを命じられてきた」

「……自害した遊女たちの実家を探し出せと」

微妙に変えて扇太郎は述べた。

「他になにか言われていなかったか」

「闕所となった旗本の財産についてお訊きになられましたが」

「ふむ」

鳥居耀蔵がうなずいた。

「他には……」

「あとはなにやら政《まつりごと》のお話をなされておられましたが、わたくしごときで理解できるようなものではございませなんだ」

真実を扇太郎は語った。

「なんでもいい。思い出せ」

「……と言われましても……倹約がどうのとか、幕臣と町人の縁組を禁じるとか」

「幕臣と町人の縁組を禁じるか」

満足げに鳥居耀蔵が繰り返した。

「隠しておることはないな」

「はい」

じっと見つめてくる鳥居耀蔵から、扇太郎は顔を背けなかった。

「これを見ろ」

懐から鳥居耀蔵が書付を取り出して、扇太郎へ投げて寄こした。

「これは……」

書付には旗本らしい名前と、その娘であろう女の名前と年齢が記されていた。扇太郎は意味がわからず首をかしげた。

「先夜、吾が屋敷へ投げこまれていたものだ」

鳥居耀蔵が説明した。

「気づかぬか。上から三人目以降の名前を見よ」

「あっ……」

思わず扇太郎は声を発した。そこには、先日闕所となった旗本の名前が並んでいた。

「まさか、これは娘を売った旗本の……」

「おそらくな」

扇太郎の手から書付を取りあげながら、鳥居耀蔵がうなずいた。

「誰がこれを儂に渡したのか、わからぬ。しかし、調べて見れば確かであった。その結果が先日の闕所となった」

「……」

「他にもまだまだこれだけの者が娘を売っている。これはゆゆしき問題である」

「なぜ、それが鳥居さまのもとに届けられたのでございましょう」

「儂ならば有効に使うと思ったからであろう。誰ともわからぬ者の手のひらで踊るのは業《ごう》腹《はら》ではあるが、使えるものは使う。もっともそやつの思惑のとおりになる気はない」

鳥居耀蔵が宣した。

「しかし、そのような得体の知れぬものをお目付さまが扱われるなど……」

「もう行っていい。ただし、報告はまず儂にせよ。きさまの話を聞いて、そのなかからご老中さまへ申しあげてよいことを儂が選ぶ」

扇太郎の意見を鳥居耀蔵が遮《さえぎ》った。

「……承知いたしました」

言われれば、扇太郎は承服するしかなかった。

「念を押すまでもないだろうが……今度、先夜のような先走ったまねをいたしたら……榊の家を取り潰すだけではないぞ。きさまの女の実家もただではすまさぬ」

鳥居耀蔵が低い声で脅した。

「…………」

無言で扇太郎は頭《こうべ》を垂れた。

老中水野越前守忠邦、目付鳥居耀蔵と、二人から立て続けに圧迫を受けた扇太郎は、疲労していた。

「屋敷に戻り一眠りしたいが、そうもいかぬ」

水野越前守からは、次の自害があれば、町奉行の交代をおこなうと言われていた。鳥居耀蔵が町奉行になれば、扇太郎も大きな影響を受ける。ふたたび手駒として、与力あたりに転じさせられるか、下手をすれば、闕所物奉行としての行動に難癖をつけられ、腹切らされるかもしれないのだ。

「まずは天満屋からか」

大番屋から近いのは、日本橋の顔役であるが。一面識もない。名前さえ知らないのだ。どうしようもなかった。

「紹介を受けるしかないな」

重い気分を引きずりながら扇太郎は、八丁堀から浅草までを歩いた。

「おいでなさいませ」

縄張りの見回りにも出ず、天満屋孝吉は店にいた。

「出歩かないようにしているのか」

「仁吉がうるさいのでございますよ」

天満屋孝吉が苦笑した。

「当然だな」

扇太郎も同意した。

「出るとなれば、大名行列さながらに人で囲んでくれますので、よけい面倒になり、腰が重くなります」

「仕方あるまい。天満屋の首を取られたとなれば、浅草は終わりだ」

出された白湯を口にしながら、扇太郎は述べた。

顔役は縄張りの象徴であった。その象徴が縄張りのなかで殺害されるようなことになれば、浅草の顔が潰れた。浅草は一人前の縄張りと見なされなくなり、他の顔役の後見を受けることになる。もちろん、親分である顔役を守りきれなかった配下たちは、浅草にいることができなくなる。当たり前だが、そんな配下たちを受け入れるところはなく、江戸を売って田舎落ちするか、商売替えをしなければならない。仁吉たちにすれば、死活問題であった。

「わかってはおりますがね。さすがに縄張り内で襲われることなどございませんよ」

「浅草は金龍山浅草寺《きんりゅうざんせんそうじ》を抱えている。参拝客は日に何千と来るはずだ。だけじゃない。吉原へ行く男も浅草を通るのだ。それら全部を見張れるわけなどなかろう」

「…………」

言われた天満屋孝吉が頰をゆがめた。

「忘れたわけじゃあるまい。一度天満屋は襲われたではないか」

「……でございましたな」

浅草の縄張りを欲しがった神田の顔役が、天満屋孝吉の命を奪うべく、大勢で押し寄せたことがあった。天満屋孝吉は店の蔵へ逃げこみ、かろうじて難を逃れていた。

「同じことを狂い犬がしないという保証はない」

「たしかに」

天満屋孝吉が認めた。

「かといって、今は攻勢に出るときではなかろう」

扇太郎は時期尚早だと言った。

「はい。品川はあまりに勝手が違いすぎまするので」

日帰りできるほど近いとはいえ、品川は東海道の宿場町である。すなわち江戸町奉行所の支配下ではなく、関東郡代の管轄になる。

かつて関東郡代は四千石の旗本伊奈《いな》家の世襲であった。その伊奈家が寛政年間に咎めを受けて役を取りあげられて以来、関東郡代は大きく力を削《そ》がれ、勘定奉行のもとで五人の代官を置き、天領の統治をおこなう形になった。

代官は百五十俵高ていどで、配下には手代が十人、書役が二人しかいない。それで五万から十万石ほどの天領を管理しなければならないのだ。とても人手に余裕はなかった。

品川もその影響を受け、治安が悪化し、狂い犬の一太郎の手に落ちていた。

「準備が整うまでは、守りに徹するべきだ」

「お奉行さまに言われるのは、なにか納得がいきませんが、仰せのとおりでございますな」

皮肉を言いながらも天満屋孝吉が理解した。

「しばらくは古着屋に精を出すのだな」

「わたくしが店に出ては、かえって足手まといなのでございますよ。店は番頭に任せてございますので、変に口出しをするのはよろしくございません」

天満屋孝吉が首を振った。

「なら、女でも抱いて、英気を養っておくことだ」

「そういたすとしましょうか。たしかに、顔役を目指してから三十年、休む間もなく働いて参りましたので、少し息を抜くくらいは観音さまもお許しくださいましょう」

ようやく天満屋孝吉が笑った。

「ところで、本日はよほど面倒な御用のようで」

なかなか言い出さない扇太郎へ、天満屋孝吉が水を向けてくれた。

「わかるか」

扇太郎は苦い笑いを浮かべた。

「じつは……」

「ほう。ご老中さまから、そのような」

説明を聞いた天満屋孝吉が、少し驚いた顔をした。

「そこへ、目付の鳥居から……」

続けて扇太郎は語った。

「なんとまあ、ややこしいことになっておりますな」

天満屋孝吉があきれた。

「ついては、浅草の岡場所の主にだな」

「ご安心を。わたくしの縄張り内に対しては、今日中に報せを出しておきましょう」

「かたじけない」

扇太郎は頭を下げた。

「問題は、浅草以外の岡場所でございますな」

「そうなのだ。深川はまだいい。水屋どのとは面識もある」

「残る日本橋、神田、麻布《あざぶ》、四谷《よつや》、芝《しば》、神楽坂《かぐらざか》……」

「そんなにいるのか」

指を折って数える天満屋孝吉へ、扇太郎は嘆息した。

「大江戸八百八町でございますからな。ほかにも内藤新宿、板橋宿、千住《せんじゅ》宿にも顔役はおりまする。品川同様に」

「四宿《ししゅく》か。一太郎以外の三人はどうなんだ」

江戸から出ている東海道、中山道《なかせんどう》、日光街道、甲州街道の最初の宿場は、どれも大きく、繁華であった。

「一太郎ほどじゃございませんが、まあ、ご同類という奴《やつ》で」

「悪と名の付く顔役か」

「そう言うしかございませんな」

空になった茶碗へ、天満屋孝吉が薬缶《やかん》の湯を注いだ。

「四宿の顔役が手を結ぶということはないのか」

「ございませんねえ。互いに縄張りを守り手出しをしないのが慣例のようで。品川で先代の顔役が一太郎に喰われたときも、誰一人動こうとしませんでしたから」

「対岸の火事か」

扇太郎は呟いた。

「というか、てめえのことだけで手一杯なんでございますよ」

「どういうことだ」

「江戸に近いとはいえ、四宿は町奉行所の管轄じゃございません。江戸で町奉行所に追われた連中が、逃げ出してくるなどしょっちゅうで。当然、そんな連中はまともじゃありませんので、四宿の顔役を殺して成り代わろうと考えているような奴ばかり。ちょっと油断していると、あっさり命を奪われてしまいまする。もちろん、配下もそうで。江戸へ入れるなり、町奉行所にとっつかまって三尺高い木の上で磔《はりつけ》になる連中でございますからな。いつ裏切るかわかりはしません。四宿の顔役は、寝ているときさえ長脇差《ながわきざし》を抱いているといいまする」

天満屋孝吉が話した。

「碌《ろく》でもねえな」

「その代わり、江戸へ手出しはしてきませぬので、楽ではありまするが」

「まあ、四宿はどうでもいい。吾が命じられたのは、町奉行所の管内だけだ」

小さく首を振って、扇太郎は話を戻した。

「江戸の顔役たちに紹介をしてくれるか」

「よろしゅうございまするが、でしたら、日本橋の顔役とお話をなさるべきでございますな」

「日本橋の……」

扇太郎は首をかしげた。

「伊豆屋兼衛門《いずやかねえもん》さんとおっしゃいまして。表向きは飛脚《ひきゃく》問屋をされておられまする」

「飛脚問屋とは、また」

聞いた扇太郎は目を見張った。

飛脚問屋とは、手紙や物品などを依頼に応じて運搬する商売である。場合によっては現金を運ぶこともあるため、飛脚たちは脇差を帯びる許しを得ていた。もちろん、それに見合うだけの遣《つか》い手でなければ、いくら武器を持っても道中襲ってくる盗賊などから身を守ることはできない。飛脚は下手な武芸者よりも腕の立つ連中であった。

「日本橋の顔役がもっとも古いのでございますよ。いわば顔役の長老でございますな。縄張り同士のもめ事を仲裁されることも多く、どこの顔役からも一目置かれておりましてな。伊豆屋さんが承諾したとあれば、他の顔役もごねますまい」

天満屋孝吉が手を叩いた。

「お呼びで」

仁吉が顔を出した。

「お奉行さまといっしょに日本橋の伊豆屋さんへ行く。用意をね」

「へい」

命じられた仁吉が、急いで出て行った。

「では、参りましょうか」

用意ができたと告げに仁吉が戻ってきたところで、天満屋孝吉が立ちあがった。

「頼む」

合わせて扇太郎も腰をあげた。

第二章　改易と存続

一

浅草に比べると、日本橋は潮の香りが強い。深川に漂う潮と材木の混じった匂いとは違った純粋な香りは、扇太郎に少し居心地の悪さを感じさせていた。

「あそこで。しばし、ここでお待ちを」

伊豆屋が見えてきたところで、天満屋孝吉が足を止めた。

「おい。伊豆屋さんへ、伺っていいかどうか訊いてきてくれ」

「へい」

天満屋孝吉を囲むようにしていた配下の一人が駆け出していった。

「だめだったら無駄足ではないか」

浅草と日本橋は近いようで遠い。往復した形になった扇太郎は不満を口にした。

「なあに、そのときは神田へ回るだけでございますから」

あっさりと天満屋孝吉がいなした。

「神田は、わたくしに頭が上がりませんのでね」

天満屋孝吉が小さく笑った。

前の神田の顔役だった上総屋幸右衛門《かずさやこうえもん》は、浅草寺門前町という実入りの多い縄張りを手にしようとして、天満屋孝吉へ挑んだ。が、あえなく敗退し、この世から去らされた。顔役の仁義に反したやり方は、他の顔役たちの反発を買い、上総屋の関係者は跡を継げず、結局、天満屋孝吉の後見を受けた者が、新たな顔役となっていた。

「神田もおまえのものか」

「とんでもない。顔役の交代でちょいともめたので、縄張りが落ち着くまで手助けをしているだけでございますよ」

大きく手を振って天満屋孝吉が否定をした。

「ふん」

わざとらしい仕草に扇太郎はあきれた。

「親方」

そこへ配下が戻ってきた。

「どうだった」

「お見えくださいとのことでございました」

「そうかい。じゃ、行きましょうか」

うなずいた天満屋孝吉が、扇太郎を促した。

伊豆屋と紺地に白く染め抜いた暖簾《のれん》を押しあげて、扇太郎は土間へと踏み入った。

「ほう」

飛脚屋へ初めて来た扇太郎は、土間の広さに感嘆した。荷車の一つや二つ、余裕で入るだけの大きさであった。

「これは、天満屋の旦那さん、ようこそおいでで」

中年の番頭らしい男が、天満屋孝吉へ声をかけた。

「じゃまをさせてもらいますよ。こちらは闕所物奉行の榊さま」

天満屋孝吉が紹介した。

「お見それをいたしました。伊豆屋の番頭をしております伊蔵《いぞう》でございまする」

番頭が腰を曲げた。

「忙しいときにすまぬな」

扇太郎は詫びた。

「いえいえ。主は奥でお待ちしております。おい、旦那へ、天満屋さんと榊さまがお見えだと伝えて来なさい」

小僧へ言いつけた伊蔵が、案内に立った。

伊豆屋兼衛門は、客間で待っていた。

「ごめんくださいませ」

「忙しいときにすまぬの」

最初に天満屋孝吉が入り、扇太郎も続いた。

「ようこそおいでくださいました。当家の主、伊豆屋兼衛門でございまする」

深々と伊豆屋兼衛門が頭を下げた。

「闕所物奉行榊扇太郎である。見知りおいてくれ」

扇太郎も名乗った。

日本橋の顔役伊豆屋兼衛門は、人当たりの良さそうな笑みを浮かべた初老で痩《や》せた体つきの男であった。

「天満屋さん、久しぶりだね」

「上総屋の一件以来でございますな。ご無沙汰をいたしまして」

伊豆屋兼衛門と天満屋孝吉も挨拶を交わした。

「今、お茶を」

「助かる。馳走《ちそう》になる」

喉《のど》の渇いていた扇太郎は、遠慮なく申し出を受けた。

「闕所物奉行さまが、当家へなにか」

茶が届いたところで、伊豆屋兼衛門が尋ねた。

「みょうなことを訊くが、伊豆屋どのの縄張りで岡場所はいくつござる」

「……たしかに変わったご質問でございますが、隠すことでもございませぬ。二カ所でございまする」

伊豆屋兼衛門が答えた。

「その二カ所で、ここ最近遊女の自害が続いておりませぬか」

「なにをお知りになりたいので」

すっと伊豆屋兼衛門の顔から笑みが消えた。岡場所の話は御法度《ごはっと》に近い。とくに遊女の問題となれば、人身売買しかないのだ。縄張り内の岡場所へ幕府の手入れが入るのは、顔役としての沽券《こけん》にもかかわった。

「榊さま、直截《ちょくせつ》すぎますよ」

天満屋孝吉が苦笑した。

「伊豆屋さん、わたくしが代わりに話をしてよろしいかな」

「わかるように願えるならばな」

　重い声で伊豆屋兼衛門が言った。

「榊さまは、岡場所になんの手出しもされるおつもりはございませぬ。ただ一つ、ご忠告をされにお見えになられただけでございますよ」

「忠告……」

　伊豆屋兼衛門が、扇太郎を見た。

「遊女の自害が増えておることは知っておろう」

　御上の用にかかわると、扇太郎は口調を変えた。

「……はい」

「死を選んだ遊女たちの実家が、旗本御家人ばかりだとは気づいていたか」

「それは……存じませなんだ」

「その原因が闕所にある」

　扇太郎は伊豆屋兼衛門へ目を向けた。

「先日旗本五軒が取り潰された。その旗本たちの罪状は、表向き素行不良となっているが、そのじつは、娘を遊女屋に売ったのを咎められたのだ」

「なるほど。しかし、いまさらでございますな」

「うむ。だが、見て見ぬ振りというのは、表沙汰になってしまえばできぬものだ」

「さようでございますな」

伊豆屋兼衛門が首肯した。

御定書百箇条《おさだめがきひゃっかじょう》を始めとして、江戸には多くの触れが出ている。庶民の生活に規制をかけているものだが、そのすべてが守られているわけではなかった。

贅沢《ぜいたく》を戒め、倹約を命じる触れは、ことあるごとに出されるが、それこそいい例であった。絹物を着るなといわれたところで、見えない襦袢《じゅばん》などであれば咎めようもないのだ。たまに質《たち》の悪い町奉行所の小者が、すそを捲《まく》りあげて調べるなど町娘に嫌がらせをすることもあるとはいえ、捕まえるまではまずしない。そのようなまねをすれば、それこそ町内の反感を買って、そのあとの仕事に差し支えるからだ。しかし、誰にも見える羽織に絹を使うようなあからさまなまねをされては、さすがにかばえなくなる。

「それを前例と見た旗本御家人が、娘を売った証拠を消そうとしているらしい」

「……売った娘を死なせていると」

「うむ。己が手を下すことはできぬ。いかに遊女とはいえ、人を殺せばただではすまぬ。それこそ身は切腹、家は改易だ。だが、放置していては、いつ御上のお咎めが来るやも知れぬ。まさに娘は生き証人だからな」

「無礼を承知で申しあげますが、下衆《げす》でございますな。とても人の上に立つ旗本のなさることとは思えませせぬ」

吐き捨てるように伊豆屋兼衛門が言った。

「吾もそう思うが、旗本御家人にとって、家こそすべて。守るためには、なんでもできる。いや、やらねばならぬ」

「お武家さまのお考えはわかりませぬが、己の子を死なせてまで残さねばならぬものなのでございましょうかね。吾が子がいなければ、家を継がせることもできませぬのに」

伊豆屋兼衛門が首を振った。

「家あってこその武士だからな。家を失えば武士は浪人となり、侍でさえなくなる。己の立つ場所を失うだけでなく、子孫の生活の糧《かて》もなくなる」

「喰うために働く。わたくしどもにとって当たり前のことが、お武家さまでは違うようで」

「耳が痛いわ」

言われた扇太郎は、苦笑した。

「で、どうせよと仰せになられますので」

あらためて用件を伊豆屋兼衛門が問うた。

「こうして欲しいのだ」

扇太郎は述べた。

「なるほど。闕所になることはないので、死ぬなと遊女へ伝えよと」

「ああ。頼めるか」

「わたくしの縄張りで、死なれるなど気持ちのいいものではございませぬ。防げるものなら防ぎたいと思いまする。承知いたしました」

伊豆屋兼衛門が引き受けた。

「できれば……」

「他の顔役にも話を通せばよろしいのでございましょう」

後を伊豆屋兼衛門が引き取ってくれた。

「頼めるか」

「ただし、江戸だけでございますよ。四宿はご免被りまする」

「わかっておる。御上も宿場町まで相手にはしておらぬ」

伊豆屋兼衛門の条件を扇太郎はのんだ。

「天満屋さん」

「ご存じでございますよというか、当事者の一人で」

声をかけられた天満屋孝吉が扇太郎を見ながら、伊豆屋兼衛門へ告げた。

「なんのことだ」

「品川の一太郎のことで」

天満屋孝吉が答えた。

「あいつか。伊豆屋どのにもなにかして参ったのか」

ふたたび口調を戻して、扇太郎は訊いた。

「さすがに表だってはなにもしてきませぬが……」

伊豆屋兼衛門が口の端をゆがめた。

「数年前でございましたか、わたくしの養子になりたいと申しては参りました」

「……伊豆屋さんの」

「はい。天満屋さんはご存じでございますが、わたくしには息子が二人、娘が一人おりまして な。娘は嫁に行き、次男も同業の飛脚屋へ婿《むこ》として入っております。残っております る長男も、嫁を取り、孫も二人できておりましてな。養子など不要でございまする。しっ かりと断りました」

「それ以降はなにも」

それで終わる一太郎ではないと扇太郎は知っている。

「うちの飛脚が何人か、夜の品川で襲われましたが……被害はたいしたこともなく。品川を明るい内に通るようにすれば、どうというほどのことでもございませぬ。いかに無法とはいえ、他人目《ひとめ》のあるところで飛脚を襲うわけにはいきますまい。運んでいるものによっては、御上を敵に回すことにもなりかねませぬ」

「それはよかった。では頼んだ」

用件はすんだと扇太郎は立ちあがった。

二

伊豆屋を出て、扇太郎と天満屋孝吉は浅草へと帰路を取った。

「助かった」

扇太郎は天満屋孝吉へ礼を言った。

「いえいえ。お話の中身があれでございましたからな。わたくしどもにとって利益となること。顔役にとって縄張りの内で騒動があるのは、なにより避けたいのでございまする」

天満屋孝吉が手を振った。

「そうか」

ほっと扇太郎は息をついた。

大川沿いを歩きながら、両国橋近くまで来た。すでに昼を過ぎているが、両国橋のあたりは、人通りが多い。

「相変わらず人だらけだな」

「両国橋は一日に二万人が通るとも言われておりますので」

「二万人か」

とてつもない数字に扇太郎は驚愕した。

「橋銭も馬鹿になりませぬ。お武家さまと僧侶神官は無料でございますが、わたくしどもは一回につき二文払わねばなりませぬ。二万人の半分が庶民とすれば、橋銭は一日で二万文、およそ五両にもなりまする」

「一カ月で百五十両、一年で、およそ二千両か。すごいものだな」

「もっとも、その金も橋の架け替えがあれば、あっという間になくなってしまいまする。日銭が入るので儲かるように思えまするが、一度架け替えがあれば吹き飛びまする」

「どのくらいかかるんだ。橋を作るのに」

「木材の金額が需要で増減いたしますので、一概にいくらとはいえませぬが、前の架け替えでは三万両ほど入り用だったとか」

「三万両か。十五年ぶんの橋銭だな。それでも儲かるな。橋は、そう簡単に架け替えるものではなかろう」

闕所物奉行をしているおかげで、扇太郎も勘定ができるようになっていた。

「それは確かでございますな」

天満屋孝吉が同意した。

「ちょっと、痛いじゃないか」

「前見て歩きやがれ」

橋に近づいたところで、人が騒いだ。

「喧嘩か」

「のようでございますな」

足を止めた扇太郎は、人混みを押し退けて来る男に気づいた。

「天満屋……」

扇太郎は天満屋孝吉を突き飛ばした。

「えっ」

転がった天満屋が戸惑った。そこへ、男がさらに近づいた。

「くたばれっ」

男が匕首《あいくち》を両手で握って、突っこんだ。

「こいつ……」

天満屋孝吉の配下たちが、慌てた。

「ぬん」

すばやく扇太郎は太刀を抜き撃った。

「ぎゃっ」

男の両手が肘《ひじ》から飛んだ。

「取り押さえろ。死なせるなよ」

飛ぶ血潮を浴びながらも、落ち着いた様子で天満屋孝吉が指示を出した。

「すまぬ。衣服を汚してしまったな。足を斬るべきだったか」

「とんでもございませぬ。お奉行さまがおられなければ、わたくしは今ごろ……」

天満屋孝吉が小さく震えた。

「一太郎か」

「でございましょうな」

両手に血止めをされ、配下に抱えられた男を天満屋孝吉が見た。

「金で雇われたか、直接の配下なのか。そのていどしかわかりますまいが、生かしていただいたのは助かりまする」

天満屋孝吉が礼を述べた。

「稚拙な手だが、有効だな。金で雇った無頼ならば、使い捨てても惜しくはない。繰り返されれば、いかに天満屋、おぬしといえども、外へ出るのを止《や》めねばなるまい」

「はい。そのたびに配下に怪我人《けがにん》でも出れば、痛手でございますからな」

扇太郎の言葉に天満屋孝吉がうなずいた。

「親方が外回りできなくなる。となれば、縄張りの規律は緩む」

「仁吉では、まだ押しが軽いのは確かで」

手早く男を運んでいく配下の後を追って、天満屋孝吉と扇太郎は歩いた。

「一太郎の奴、どうやら本気で天満屋を潰しにかかってきたようだな」

「潰されるはずもございませぬよ。品川あたりの磯《いそ》臭い地回りにやられるほど、わたくしは甘くございませせぬ。逆に手痛い思いをさせてやりまする」

天満屋孝吉が酷薄な笑みを浮かべた。

浅草まで天満屋孝吉を送って、扇太郎は屋敷へと戻った。

「お戻りなさいませ」

出迎えたのは朱鷺だけであった。

「皆は」

「すでにお帰りになられましてございまする」

手代たちの行方を問う扇太郎へ、朱鷺が答えた。

「そうか。ならばよい」

闕所物奉行の職務はさしてない。手代たちも役所に出てきても仕事がなければ、無駄なときを過ごすことになる。ならば組長屋で内職をしているほうが、ましであった。

扇太郎は手代たちを役所の退勤刻限まで束縛するつもりはなかった。

「汗をかいた。着替えを頼む」

「はい」

朱鷺に命じておいて、扇太郎は井戸端へと向かった。

深川は海を埋め立てて作った土地である。少し掘るだけで井戸には水が出たが、塩気のある悪いものでしかなかった。

飲用には適さなくとも、行水や洗いものなどには十分であった。

手早く着物を脱いだ扇太郎は、何杯もの水を浴びた。

「…………」

いつの間にか側に手ぬぐいを持った朱鷺が立っていた。

「すまぬな」

手ぬぐいを受け取りながら、扇太郎は苦笑した。

臥所《ふしど》を共にするようになって、朱鷺の気配が感じられなくなっていた。これは扇太郎にとって朱鷺がいることが当たり前になったという証拠であった。

「酒を頼む」

「………」

黙ってうなずいた朱鷺が、台所へと消えていった。

自堕落な深川の御家人とはいえ、扇太郎は剣術遣いである。酒を好んではいるが、どこまでなら、身体の動きに変化が出ないでいられるかを把握していた。

「鯊《はぜ》の煮物か。珍しいな」

「今朝、魚屋が持ってきた」

朱鷺が短く答えた。

旗本の娘から岡場所の遊女と変遷してきた朱鷺は、当初まったく料理ができなかった。それが、いつの間にかそれなりのものを作るようになっていた。

「うまいな」

鯊の身をせせりながら、扇太郎は飯を喰い、酒を飲んだ。

「馳走であった。そなたもすませてくるがいい」

夕餉を終えた扇太郎が言った。

「お粗末さま」

短く応えた朱鷺が台所へと下がっていった。

月の障りがない限り、毎夜身体を重ねているというのに、朱鷺は奉公人としての垣根を頑《かたく》なに守っていた。

決して扇太郎の前では、飲食をしないのだ。たしかに武家は女と食事を共にしないのが当たり前であった。だが、両親を失って姉と二人の生活が長かった榊家では、手間を省くために二人で食事をするのが日常であったのだ。ほとんどしゃべらない朱鷺との生活で、扇太郎はそのことだけが不満であった。

「湯浴みを」

小半刻《こはんとき》（約三十分）ほどで、一人で残った酒を飲んでいた扇太郎のもとへ、朱鷺が戻ってきた。

「水を浴びたから今夜はいい。そなたは浴びてくるがいい」

「はい」

朱鷺がふたたび去っていった。

榊家には小さな浴室があった。といったところで、少し大きなたらいのようなものへ、沸かしたお湯を入れて使うていどのもので、湯屋《ゆや》や風呂屋のものとは違う。

女の湯浴みは長い。半刻（約一時間）は確実にかかる。

扇太郎は、縁側まで膳を動かすと、雨戸を一枚開けた。

「静かだな」

遊女屋や酒を出す店が並ぶ富岡八幡宮門前町の賑わいも、ここまでは届かない。

「残るは、吉原だけか」

水野越前守忠邦から命じられた一件のほとんどは、今日一日で終わった。

「遊女の自害もこれで止まるはずだ」

「なんの話」

湯からあがった朱鷺が、横に座った。

「聞いていたのか」

独り言を聞かれた扇太郎は苦笑した。

「遊女の自害と聞こえた。それは先日あった相模《さがみ》の女の続き」

朱鷺が問うた。

「みたいなものだが、嫌な話だぞ」

扇太郎は説明した。その裏にある娘を売った旗本御家人の教唆《きょうさ》については言えなかった。すべてを語っているわけではないと気づかれているが、朱鷺にはあまりに辛い話だと扇太郎は考えたからだ。

「岡場所の遊女は、御法度。その遊女が自害することで世間の耳目を集めては、御上の取り締まりが緩く、岡場所が黙認されているように見え、世情不安のもととなる。このようにご老中の水野さまはお考えになられた」

昨日の外泊の理由も扇太郎は付け加えた。

「みょう」

朱鷺の表情が厳しくなった。

「なにがだ」

「岡場所のなかで死んだ妓は、病であれ、心中であれ、弔《とむら》われることもなく投げ込み寺へと捨てられる。表に出ることはない」

訊いた扇太郎へ、朱鷺が告げた。

「岡場所を抜け出て、堀で身投げをすれば……」

「抜け出すようなことはさせない」

朱鷺が首を振った。

「先日のようなこともあるぞ」

この間助けた遊女のことを扇太郎は話した。

「あれは親が馬鹿」

冷たく朱鷺が吐き捨てた。

「遊女を岡場所から連れ出すには、なにかあったときの責任を負う覚悟がいる。連れ出した先で堀にでも飛びこまれたら、その連れ出した者が、遊女の残した借財などを引き受けなければならない」

岡場所は甘くないと朱鷺が述べた。

「ふむ。となれば、他の妓たちは外ではなく、なかで死んだと考えるべきなのだな」

「そう。それが表沙汰になるなどありえない」

朱鷺が首を振った。

「言われてみれば……」

扇太郎は腕を組んだ。

最初に助けた遊女の一件が、扇太郎の考えを固定させていた。遊女といえども親が呼び出せば、岡場所の外へ出られると思いこんでしまったのだ。外にさえ出てしまえば、身投げでも、自刃でもできる。この考えが、岡場所の遊女の死が世間で話題になってもおかしくないに繋がってしまった。

「一から考えなおさなければならないな」

ちょうど酒もきれた。扇太郎は雨戸を閉めた。

「寝るぞ」

「…………」

誘う扇太郎に、朱鷺が黙って従った。

その夜、朱鷺はいつもよりも乱れた。

翌朝、扇太郎は西の丸下へと向かいかけて、足を止めた。

「鳥居の目が付いている」

扇太郎は、足を日本橋へと変えた。

「ごめん」

伊豆屋の暖簾を扇太郎は潜った。

「これは、榊さま」

店先に伊豆屋兼衛門が出ていた。

「ちょうどよい。頼みがあるのだが」

「あのお話ならば、昨夜、状を回しておきました。本日中にはすべての顔役のもとへ届きましょう」

「かたじけない。だが、その話ではないのだ」

礼を言って扇太郎は、切り出した。

「なにでございましょう」

「飛脚を一つお願いしたい」

「それはそれは、ありがとうございまする」

伊豆屋兼衛門が、腰を折った。

「で、どちらに」

「西の丸下、ご老中水野越前守さまへ」

「えっ」

聞いた伊豆屋兼衛門が、驚きの声をあげた。

「失礼ながら、西の丸下までなら、ご自身で行かれても……」

「行けぬ理由があるのだ」

伊豆屋兼衛門の疑問に扇太郎は告げた。

「奥へどうぞ」

一度扇太郎の顔を見直して、伊豆屋兼衛門が誘った。

「ご事情を伺えましょうか」

「うむ。じつは、水野さまの屋敷を見張っておる者がいる。で、そやつの配下が拙者を付けているのだ」

「ご老中さまの屋敷を見張っている者とは」

「目付鳥居耀蔵だ」

隠すことなく扇太郎は述べた。天満屋孝吉、水屋藤兵衛らとのつきあいで、顔役と接するのには、隠しごとをするべきではないと扇太郎は悟っていた。

「お目付さまがご老中さまを見張るとは……」

伊豆屋兼衛門が驚きを露《あら》わにした。

「政《まつりごと》には、我々庶民には思いもつかない闇がございますな。よろしゅうございましょう。飛脚を一人お出しします。ただし、お代金は頂戴いたしまする」

「当然だ。いくら払えばいい」

飛脚は伊豆屋兼衛門の表稼業である。扇太郎は料金を尋ねた。

「さようでございますな。往復で小半刻もあればすみますので、一分《いちぶ》お願いいたしましょう」

「承知した。すまぬが紙と筆を貸してくれぬか」

紙入れから一分銀を出して、手渡しながら扇太郎は頼んだ。

「たしかに。今、受け取りを書きまする。紙はここに。筆と硯《すずり》はそれをお使いくださいませ」

伊豆屋兼衛門が、道具を貸してくれた。

「では、これを」

用件を簡潔に書いた手紙を、扇太郎は伊豆屋兼衛門へ渡した。

「お預かりいたしました」

伊豆屋兼衛門が受け取った。

「頼む」

扇太郎は礼を述べて、伊豆屋兼衛門のもとを後にした。

三

「指示を待つ前に、何カ所か見ておいたほうがよかろうな」

いつ水野越前守から連絡があるかも知れないと、扇太郎は浅草ではなく深川へ戻ることを選択した。

富岡八幡宮は三代将軍家光《いえみつ》の庇護《ひご》によって栄えた武家の守護神である。もっとも武家だけでなく、厄除《やくよ》け、災難逃れの霊験あらたかとして庶民の信仰も厚かった。

「相模、ここか」

扇太郎は先夜の遊女が属している岡場所を訪れた。

「いらっしゃいまし」

見世の前で立ち止まった扇太郎へ、すかさず男衆が声をかけた。

「あいにくだが、客ではない」

「客じゃないなら、さっさと行っておくんなさいな。見世の前に立たれちゃ、他のお客が入れやせんので」

男衆の態度が冷たいものに変わった。

「主はいるか」

扇太郎も愛想なく問うた。

「どちらさんで」

すっと男衆の目が細くなった。

妓を置いている見世はどこともめ事を抱えていた。女を巡っての争いから、果ては岡場所の権利を奪い合うものまで、血を見ることも珍しくはなかった。

「水屋とかかわりある者だ。先日、ここの妓を助けた者と言えばわかるか」

「あっ。これは、存じませず。ちとお待ちを」

慌てて男衆が駆けていった。

「水屋の名前は大きいな」

扇太郎は感心した。

「榊さまで」

待つほどもなく相模の主が出てきた。

「ああ。闕所物奉行榊扇太郎だ」

「相模の主、甲州《こうしゅう》屋《や》左《さ》兵衛《ひょうえ》でございまする。先日は霧がお世話になり、ありがとうございました。すぐにお礼にあがるべきとは存じておりましたが、わたくしどもが出入りするのもどうかと思いまして、遠慮させていただいておりました」

ていねいな口上を主が述べた。

「いや、気遣いは無用だ。なにもしておらぬのだからな。で、霧は大事ないか」

「お話はどうぞこちらで。おい。あとを頼む」

男衆に命じて、甲州屋が扇太郎を促した。

「奥を借りるよ」

岡場所から少し離れた茶屋へ、甲州屋が入った。

「酒と見繕いで肴を三つほど」

奥の小座敷へ扇太郎を案内した甲州屋が注文をした。

「あらためまして、先日はありがとうございました。霧には、まだ四十両からの借財が残っておりまして、榊さまのお手助けがなければ、大変なことになっておりました」

甲州屋が頭を下げた。

「妓を見世から連れ出したならば、その者がなにかあったときの責を負うのではないのか。たとえ、霧に万一があっても、あの親から取り立てればすむのであろう」

「ご冗談を」

小さく甲州屋が笑った。

「娘を岡場所へ売るような親に金が工面できるわけもございません」

「それでよく、娘を外へ出したな」

「不景気な顔で見世の前に一日おられては、商いになりませぬ。もちろん、娘を連れ出すについては、ちゃんと形を取っておりましたが」

「形……」

「太刀をお預かりしておりました」

「だったか」

扇太郎はあの夜の父親を思い出そうとしたが、太刀の有無は記憶になかった。

「その太刀はどうなった」

「翌日、しっかり取りに来ましたよ」

あきれた顔で甲州屋が言った。

「返したのか」

「もちろん、二度と来ないように釘を刺しておきましたが」

甲州屋が嘲笑した。

「恥を失った旗本というのは、情けないものだな」

「お旗本だけじゃございませんよ。金をなくした者は、百姓、商人、坊主も含めて、心根が弱くなりまする」

「耳が痛いな」

「金がないならないなりの生き方をされればよいので。旗本の体面なんぞ、生きて行くのにじゃまでしかございますまい」

「そうもいかぬのさ。侍は、名と家を守れと、言葉も話せない幼児のころから教えられている。それをひっくり返すのは、容易ではない」

貧乏御家人の扇太郎でも、榊の家は盛り立てて行かねばならぬと心のなかでは考えている。そのために小人目付という端役もやった。鳥居耀蔵の走狗《そうく》にもなった。

「一度落ちるところまで落ちてみられると、また見方も変わりましょう」

片口から甲州屋が酒を注いだ。

「落ちぬように努力しているのだがな」

苦笑しながら、扇太郎は受けた。

「で、本日はなにを」

ようやく本筋へ話が戻った。

「おぬしの見世、あるいは富岡八幡宮前の岡場所で遊女の自害はあったのか」

促されて扇太郎は問うた。

「…………」

貼りつくような目で甲州屋が扇太郎を見た。

「なにが目的で」

「案ずるな。どうこうしようというつもりはない。まもなく水屋どのから報せが来ると思うが、御上は岡場所の女の自害をよいことだとは思っておらぬ」

「御上が、岡場所の妓を気にされることなど、今までございませなんだが」

怪訝な顔を甲州屋がした。

「そのへんは色々あると思ってくれ」

さすがに内情まで話すわけにはいかないと扇太郎は逃げた。

「まあ、よござんしょう。お奉行さまには借りがございますので」

それ以上の追及を甲州屋が止めた。

「ございましたよ。わたくしの相模で一人、あと見世の名前はご勘弁願いますが、よそで二人」

「その始末はどうした」

「……岡場所で死んだ妓の始末は決まっておりまする。素裸に剝いて筵《むしろ》でくるんで投げ込み寺へ」

甲州屋が答えた。

「表に出ることは」

「こちらから触れて歩きはしませんが、馴《な》染《じ》みの客や家族には知れましょうな」

「馴染みの客はわかるが、家族には報せるのか」

「とんでもございませぬ。報せるものですか」

「形見分けとかは」

「借金を残して死んだ妓の形見分け……笑わせないでくださいな」

扇太郎の言葉に、甲州屋が口の端を引きあげた。

「では、なぜ、岡場所の妓が自害したと世間は知るのだ。馴染み客も死んだと知っても病死か自害かまでは、わかるまい」

「言われてみれば……」

甲州屋が悩んだ。

「男衆がしゃべることは絶対にございませぬ。廓《くるわ》の掟《おきて》は吉原ほどじゃありませんが、厳しゅうございます。妓のことを語るのは御法度で、犯せばきついい仕置きが待っておりまする」

「ではなぜだ」

「ちょっとお待ちを」

さらに問う扇太郎を制して、甲州屋が手を叩いた。

「悪いけど、ちょっと見世まで使いを頼めるか。男衆頭の甚左《じんざ》を呼んできてもらいたい」

茶屋の若い衆に小銭を握らせて、甲州屋が頼んだ。

「しばし、お待ちを」

甲州屋が、盃をあおった。

「お呼びで」

相模の名前を染め抜いた紺半纏《こんばんてん》を纏《まと》った中年の男が、すぐに来た。

「桜《さくら》の死んだときのことを覚えているかい」

「へい」

甚左がうなずいた。

「なにか変わったことは」

「死ぬ前日に親が来ておりました」

問われた甚左が答えた。

「それは知っている。他には」

「その翌日も親が……」

「なんだと」

聞いた甲州屋が驚愕した。

「応対をしたのは、おめえか」

「旦那がお出かけでしたので」

「なにを話した」

甲州屋の声が低くなった。

「ただ死んだとだけ」

「親はなんと言った」

さらに甲州屋が質問を重ねた。

「別に。黙って帰っていきましたが。なにかまちがいでもいたしましたでしょうや」

甚左が不安そうに訊いた。

「いや、いい。甚左、今後は親といえども、妓に会わせるんじゃないよ」

「へい。では、あっしはこれで」

甚左が去っていった。

「親か」

「のようでございますな」

甲州屋も同意した。

「苦界《くがい》に売り飛ばした娘を自害させ、そのうえ、その死を流布するなど」

苦いものを飲みこんだような不快を扇太郎は覚えた。

「…………」

女を喰いものにしている甲州屋は、あえて反応しなかった。

「ありがとうよ。ずいぶんと助かった」

扇太郎は卓ごしに頭を下げた。

「とんでもございませぬ」

幕府役人の礼に甲州屋が慌てた。

「お奉行さま」

「なんだ」

腰をあげかけた扇太郎は、甲州屋に呼び止められた。

「岡場所は女にとって地獄でございまする。吉原のように妓の体調など考えはしませぬ。大枚の金を払って、吉原より安い料金で提供しておるのでございますから、数をこなさせなければ、儲けが出ませぬ」

「…………」

「ですが、死ぬよりはましでございまする。生きていれば、落籍《ひか》されて客の妻になることもあり得まする。また、金を貯めて己の身を買い戻すこともできまする。死んでしまえば、もうなにもできませぬ」

「当たり前の話が、どうした」

扇太郎は甲州屋の言いたいことがわからなかった。

「霧から事情は聞きましてございまする。家のために売った娘を、また家のために死なせる。とんでもないことで。庶民の親は、売った娘のことを悔やみながら、その代金で生きて行く辛さを嚙《か》みしめるのでございまする。それさえせず、つごうで命を捨てさせる。そのような連中とのおつきあいは、こちらから遠慮いたしましょう。今後、わたくしの見世では、お武家さまの娘を買うことはいたしませぬ」

「……ほう」

甲州屋の言いぶんに、扇太郎は納得できなかった。どちらにせよ、女を喰いものにしているのは違いないのだ。

「おそらく、江戸中の岡場所が同じようにいたしましょう。そうなれば、どうなりまする」

「どうなるのだ」

わからぬと扇太郎は問いを返した。

「お旗本の夜逃げと心中が増えましょうな」

淡々と甲州屋が述べた。

「娘が売れぬとなれば……金を返す当てがなくなる」

「さようで」

「ううむ」

扇太郎は唸るしかなかった。

旗本御家人の夜逃げや一家心中が増えれば、幕府の威信は地に落ちる。水野越前守の打った手が、かえって悪い結果を招きかねなかった。

「では、ごめんを。お奉行さまのご恩は忘れませぬ。いつなりとても、お手助けいたしますゆえ、ご遠慮なくお申し付けください」

呆然《ぼうぜん》としている扇太郎へ一礼して甲州屋が立ちあがった。

「代金は、あとで見世まで取りに来ておくれ」

甲州屋が出て行っても、扇太郎は動けなかった。


しばらくして茶屋を出た扇太郎は、屋敷ではなく道場へと足を進めた。

「たまに顔を出したかと思えば、難しい面《つら》をしておる」

道場へ入ってきた扇太郎を見た師稲垣良栄《いながきよしえ》が、嘆息した。

扇太郎が学んだのは、庄田新陰流《しょうだしんかげ》である。

庄田新陰流の創始者庄田喜兵衛《きへえ》は、将軍家お手直し役柳生但馬守宗矩《やぎゅうたじまのかみむねのり》の家臣で、一流を建てることを許されるほどの達人であった。

「なにがあったかとは訊かぬ。心の澱《おり》を払う手伝いだけしてやろう」

稲垣良栄が、扇太郎を道場の中央へと誘った。

「師と榊どのが、仕合われるぞ」

「片寄れ、片寄れ」

稽古をしていた弟子たちが、急いで道場の壁際へ引いた。

江戸でも小さな稲垣道場へ通う者は、御家人や小藩の藩士、町人など金に余裕のない者ばかりである。当然稲垣道場も貧しく、道具なども古いものを修繕しては使っていた。

扇太郎は壁に掛けられた袋竹刀《ふくろしない》を二本取ると、破れの少ない方を師へ渡した。

庄田新陰流は、馬の蟇皮《ひきはだ》に割竹を入れた袋竹刀を稽古に使用していた。当たれば大きな音のする割に、怪我をせず、思いきった打ちこみができる袋竹刀は、実戦の感覚を養うのに最適であった。

「参れ」

「お願いいたしまする」

師に促された扇太郎は、袋竹刀を青眼《せいがん》に構えた。対して稲垣良栄は袋竹刀を右手だけで持ち、だらりと垂らした。

「…………」

二間《にけん》（約三・六メートル）の間合いを、扇太郎は無言で詰めた。

「えいやっ」

近づいた扇太郎を、稲垣良栄が牽制《けんせい》した。

「おう」

扇太郎は受けた。

様子見の空気《から》合いとはいえ、無視すると付けこまれることにもなった。扇太郎は、油断していないと見せるため、わずかに切っ先を揺らして見せた。

「はっ」

今度は扇太郎が動いた。左足を少し前に出し、袋竹刀を八双《はっそう》へ変えた。青眼は守りの構えであり、攻勢に移るには上段や下段、もしくは八双へと構えを変えなければならなかった。

「ふん」

鼻先で稲垣良栄があしらった。

「やああ」

扇太郎は右足で強く床板を蹴って飛びこんだ。勢いのまま右からの袈裟懸《けさが》けを撃った。

「…………」

無言で稲垣良栄が受けた。袋竹刀同士を絡めるように巻いた。

「なんの」

袋竹刀を巻き落とされまいと、扇太郎は手の内を締めた。

「ほれ」

稲垣良栄が、扇太郎の袋竹刀を上から押しつけた。扇太郎は負けじと押し返した。

「阿呆《あほう》が」

扇太郎の力に載せて、稲垣良栄が袋竹刀を跳ね、頭上で翻《ひるがえ》して落とした。

「あっ」

受ける間もなく扇太郎は頭を袋竹刀で叩かれていた。

「参った」

扇太郎は袋竹刀を背中に回し、大きく下がって一礼した。

「ずいぶんとあっさりした勝負だの」

「うむ。榊どのならば、もう少し粘られると思ったのだが」

壁際の弟子たちが拍子抜けしていた。

「手の内を締めすぎるな。腕の筋が硬くなる」

「はい」

師の注意を扇太郎は受けた。

「もう一本いくか」

「はい」

脳天の一撃で、扇太郎の鬱々《うつうつ》とした気分は叩き出されたかのように消えていた。

「よし、来い」

二本目の開始を稲垣良栄が宣した。

「参る」

今度は最初から扇太郎がしかけた。

竹刀を下段に落として、扇太郎は無造作に間合いを詰めた。

「ほう」

稲垣良栄が目を細めた。

間合いが一間半（約二・七メートル）となったところで、扇太郎は足を止めた。

「…………」

二尺七寸（約八十二センチメートル）の袋竹刀を手にしているのだ。一間半は、一撃の届く必至の間合いであった。

「おうりゃあ」

左足を深く折り曲げ、腰を落としつつ、扇太郎は下段から斬りあげた。

「なんの」

青眼の袋竹刀を落として、稲垣良栄が受け止めた。

「りゃあああ」

受け止められた袋竹刀を、押しつけながら扇太郎は滑らせた。扇太郎は袋竹刀の先で、稲垣良栄の内股を狙った。

「させぬわ」

扇太郎の意図を悟った稲垣良栄が、後ろへ跳《と》んだ。

「せいっ」

一度間合いを空けた稲垣良栄が、反撃に出た。両手を伸ばして袋竹刀を上段から振り下ろした。

「…………」

腰を落としていた扇太郎は、膝を伸ばして身体を起こした。袋竹刀を下段からそのまま天を刺すようにあげた。

「こやつ」

右手を離し、身体をひねって扇太郎の袋竹刀をかわした稲垣良栄が、片手で打ち据えた。

扇太郎の左肩が乾いた音を立てた。

「参りましてございまする」

左肩を押さえて、扇太郎が膝を突いた。

「見えたか」

「わからなかったぞ。榊どのの下段はどうなったのだ」

「先ほどとは動きが違いすぎる」

弟子たちが顔を見合わせた。

「まったく、少しは気遣え」

袋竹刀を手にしたまま、稲垣良栄が扇太郎に言った。

「股間《こかん》を撃とうなど」

「あっさりかわされましたうえに、肩をしたたかに打たれましたが」

扇太郎も言い返した。

「当たり前じゃ。儂《わし》は剣術遣いぞ。あのていどをかわせずして、道場の主とは言えぬわ」

稲垣良栄があきれた。

「で、あのあとはどうするつもりだったのだ。相打ち覚悟などと言う気はなかろうな」

「はい。すくい上げた一撃を師が下がってかわされたならば、そのまま突きへ変化させるつもりでございました」

問われて扇太郎は答えた。

「師の急所を突く気だったのか。まったく、ろくでもない弟子だ」

「畏れ入ります る」

「褒《ほ》めてはおらぬわ。まあ、いい。雲は晴れたか」

「はい」

扇太郎は頭を下げた。

「空と同じだ。雲は一度消えてもまた現れる。雲で覆われることもある。だが、雨ばかりは続かぬ。かならず日は顔を出すのだ。悩むことはよい。ただ、それ一つに捉われるな。剣術と同じだ。頭を撃とうとばかり考えていては、目が一所に固まってしまう。勝負を付けるのならば、他に首もあれば、肩も、胴もある。もっとも撃ちやすいところを狙え」

「ご指導、身に染みましてございまする」

道場の床に扇太郎は両手を突いた。

「一同もわかったか。剣術とはいかに容易《たやす》く相手を倒すかを極めるものだ。もちろん、そのためにはどんなときでも冷静に隙《すき》を見つけられる心根がなくてはならぬ。焦りは頭に血をのぼらせ、情況の判断を鈍らせるからな。だが、剣術を精神修養の道具とするな。剣術の上達のために、心を練れ。心なき一刀に勝ちはない。身体は心によって動くものなり」

稲垣良栄が弟子たちを訓導した。

「はっ」

弟子たちが頭を垂れた。

「これまでとする」

袋竹刀を置いて、稲垣良栄が稽古の終わりを宣した。

「ありがとうございました」

ていねいに扇太郎は一礼し、道場を後にした。

四

屋敷に戻った扇太郎は、大潟から手紙を渡された。

「ご老中さまからか」

居室へ腰を下ろした扇太郎は、手紙の封を切った。

「今宵《こよい》暮れ六つまでに中《なか》屋敷まで来いか」

扇太郎は内容を確認した。

「水野さまの中屋敷は……」

上屋敷はさすがに知っているが、中屋敷がどこにあるかはわからなかった。扇太郎は部屋の片隅に積まれている書物のなかから武鑑《ぶかん》を取り出した。

武鑑は諸大名の当主、領地、正室や嫡男、重職などの名前の他、屋敷の所在地なども記した名簿のようなものである。江戸の版元がそれぞれに工夫を凝らして発刊しており、表札をあげない大名や旗本の所在を知るのに必須のものであった。

「三田札《みたふだ》の辻《つじ》か。ほとんど品川じゃないか」

扇太郎は嘆息した。

手紙のなかには夕餉を共にと書かれていた。

「気が重い」

身分の差どころの話ではない。八十俵の御家人と七万石の老中筆頭である。ともに将軍の家臣ではあるが、戦国で言えば、一手《ひとて》の将と足軽《あしがる》の違いなのだ。同席はおろか直接口をきくことも難しい。

かといって断るなどできるはずもなかった。

「出かけてくる。たぶん、今夜も戻れまい」

「……はい」

台所まで足を運んで用件を伝え、朱鷺の返答を受けてから、扇太郎は屋敷を出た。

深川から三田までは、けっこう離れていた。扇太郎の足でも一刻《いっとき》（約二時間）以上かかった。

扇太郎が三田札の辻の水野家中屋敷に着いたのは、約束の刻限の少し前であった。

「でかいな」

中屋敷の偉容に扇太郎は息を呑《の》んだ。

海岸に接してはいないが、海まで一筋の水野家中屋敷は、七千八百坪をこえる広大な敷地を誇っていた。品川へと続く道沿いにある表門には、当主の来訪を待ち受けるように、二人の門番小者が立っていた。

「御免。闕所物奉行榊扇太郎でござる」

誰何《すいか》される前に扇太郎は名乗った。

「伺っておりまする。しばらくお待ちを」

門番小者が、屋敷のなかへ入っていった。

「お待ちいたしておりました。主はまだ戻っておりませぬが、お見えになればお通しするようにと申しつかっておりまする」

世慣れた感じの藩士が扇太郎へ小腰を屈めた。

「お手数をかける」

「申し遅れました。わたくし、水野家で留守居役《るすいやく》を務めておりまする井上兵部《いのうえひょうぶ》にございまする」

「榊扇太郎でござる」

座敷に入ったところで、あらためて挨拶を交わした。

留守居役は大名家のつきあいいっさいを任される。幕府との兼ね合い、大名同士の交流、役人との折衝、どれも一筋縄ではいかないややこしいものばかりである。これを一手に引き受け、主家を有利な情況へもちこむのが留守居役の任であり、家中でも優秀な人物でなければ務まらなかった。

「畏れ入りまするが、主が共に夕餉をと申しておりますので、しばしのお待ちを願いまする」

「もちろんでござる」

扇太郎は同意した。

「今、茶を用意させまする」

井上が若い藩士を呼び、茶の用意を命じた。

「闕所物奉行をなさっておられると伺いました。昨今の闕所はいかがでございましょうや」

待たせる間の接待も仕事なのか、井上が話しかけてきた。

「まだこのお役について一年に満ちませぬゆえ、こう変わったと申せるほど経験を積んではおりませぬ」

「ご謙遜をなさる」

小半刻ほど、やくたいもない話をしていると、玄関が一気に騒がしくなった。

「どうやら主が参ったようでございまする。しばし、ごめんを」

井上が立っていった。

「待たせたな」

しばらくして、着替えを終えた水野越前守が客間へと顔を出した。

「お招きにあずかり、かたじけなく存じまする」

扇太郎は平伏した。

「いや、遠いところまで来させてしまったことを詫びる」

上座へ水野越前守が座った。

「喰いながらにしよう」

すぐに膳が用意された。

「けっこうでございまする」

水野越前守の言葉に、扇太郎はうなずいた。

膳は一つ、のっているのは焼き魚と切り干し大根の煮物、漬けものと質素なものであった。

「たいしたものではないだろう」

焼き魚に箸を付けながら、水野越前守が笑った。

「いいえ。魚があるだけで、わたくしにとっては馳走でございまする」

扇太郎も魚をほぐした。

「魚くらい毎日でも喰わせてやりたいと思うのだが、なにせ、幕府には金がない」

先日の話を水野越前守が繰り返した。

「…………」

「榊、幕府の収入がどれほどか知っておるか」

「いいえ」

「およそ三百万石じゃ」

「三百万石……」

扇太郎は息を呑んだ。

「もっとも天領は四公六民《しこうろくみん》であるから、実質の収入は百二十万石。そのうち、旗本御家人への給付で八割が消える。天下を取った徳川の手取りが、二十四万石ほどなのだ」

「そんなに少ないのでございまするか」

「もちろん、これは米だけの話だ。他に運上金や長崎での交易のあがりなどがある。と言ったところで、すべて合わせても五十万石を少しこえるていどしかない」

言葉を切って、水野越前守が飯を口にした。

「それで江戸城を維持し、政のすべてをやらねばならぬ。とても旗本御家人に手を差しのべるだけの余裕はない」

「…………」

飯を喰う振りで、扇太郎は返答を避けた。

「かつて田沼主殿頭意次《たぬまとのものかみおきつぐ》は、幕府の収入を増やすには、米ではなく、商いに頼るべきだと考え、株仲間《かぶなかま》へあらたな運上を課そうとした。その結果が息子を殺され、己は隠居だ。幕府のなかには、旧態を維持することで利を得る者が山ほどおる。大老格といえども、これらを敵に回せば、続かぬ」

「はあ」

「だからといってなにもせぬわけにはいかぬ。儂は、今、幕府の収入は増やすのではなく、出ていくものを減らす方法を考えておる。まずは各地に散っている幕府領を一カ所にまとめようと思う」

飯を喰い終えた水野越前守が白湯を喫した。

「さすれば、代官の数は今より減らせる。また、所領を江戸の近くと、大坂近辺にすれば、米を運ぶ手間が省け、移動の費用を大きく節約できる」

「なるほど」

言われて扇太郎は感心した。

「もっとも、これも所領を替《か》えさせられる者からすれば、迷惑でしかない。馴染みのある領地から、見も知らぬ土地へ動くなど、手間と金を喰うだけだからな」

「たしかに」

扇太郎は相槌《あいづち》を打つしかなかった。

「まあ、このような話を聞かせたのは、執政が何もしていないわけではないとの言いわけだ」

苦笑しながら水野越前守が、述べた。

「さて、用件に入ろう。直接来ずに飛脚を寄こした。余の屋敷が見張られておるのだな」

さすがは老中筆頭格である。気づいていた。

「はい。先日、おじゃまいたした帰り、声をかけられましてございまする」

「ふむ。余の屋敷を見張り、そなたに声をかけた。鳥居か」

「……畏れ入りました」

水野越前守の鋭さに扇太郎は驚くしかなかった。

「よほど番犬になりたいらしい」

嘲《あざけ》りを水野越前守が顔に浮かべた。

「で、そこまで注意して余に伝えねばならぬこととはなにか」

鳥居耀蔵の話はもう終わっていた。

「……じつは」

扇太郎は相模の甲州屋から聞いた話を語った。

「親が娘の自害を勧めたうえ、その死を喧伝《けんでん》しているとか」

水野越前守があきれた。

「家名大事の旗本がそのような娘の出自をさとられるようなまねを、自らするとは思えぬ」

「はい」

「となれば、誰かに命じられている……」

目を閉じて水野越前守が思案に入った。

「品川の一太郎とか申す無頼はどうしておる」

不意に水野越前守が問うた。

「浅草の顔役へ刺客《しかく》を送って参りましてございまする」

「ふむ。一太郎の仕業ではないな」

水野越前守が言った。

「わからぬか。町奉行の更迭を狙って岡場所の女の死を明らかにしておるならば、今、別のところで騒動を起こす意味はない」

「隠れ蓑《みの》ということは」

「おそらくない」

扇太郎の問いに水野越前守が首を振った。

「よほど町奉行を替えさせたいらしい」

水野越前守が嘆息した。

今の町奉行は北が大草安房守高好《おおくさあわのかみたかよし》、南が筒井伊賀守政憲《つついいがのかみまさのり》である。大草安房守が三年、筒井伊賀守にいたっては十八年もその座にあった。

「たしかに筒井伊賀守は長い。先日は、吉原へ要らぬ手出しをしようとした。そろそろ替えねばならぬころだとは思っておるが、余の思惑とは違う形でことが動くのは不愉快である」

「……………」

「榊、飛脚を寄こしたのは、鳥居耀蔵ではなく余につくとの意思表示よな」

「ご老中さまには、命を助けていただきました恩がございまする」

品川の一太郎の手に落ちた扇太郎を、水野越前守は吉原惣名主西田屋甚右衛門の願いとはいえ、助けてくれた。扇太郎は、受けた恩を忘れるわけにはいかなかった。

「よい心がけじゃ」

満足そうに水野越前守が首肯した。

「あと一つ」

扇太郎は甲州屋が言った今後、武家の娘を買わないとの話をした。

「旗本、御家人の夜逃げが増えるか」

「確《しか》とは言えませぬが……」

「そこまで考えてのことだとすれば……鳥居耀蔵の仕業ではないな。鳥居は御上の威厳を何よりと考えておる。傷つけるようなまねはすまい」

「はい」

鳥居耀蔵の忠義を扇太郎は疑ったことはなかった。

「裏に他の者がかかわっておるか。鳥居を道具とした者がおるようだな。それを探れ」

「やってみまする」

断れる情況ではもうなくなっていた。扇太郎は受けた。

「兵部」

「これに」

水野越前守の呼びかけに、井上が駆けつけた。

「榊に金を渡してやれ。二十両もあれば足りるであろう」

「はっ」

井上が平伏した。

「兵部をそなたとの繋ぎとする。なにかあれば、兵部を頼れ」

「承知いたしましてございまする」

大樹に寄り添うことこそ生き残る術《すべ》。同じ走狗となるならば、鳥居耀蔵より水野越前守のほうが、金をくれるだけましであった。

「泊まっていけ。今、出て行けば、余に付いていた鳥居の目がおぬしを逃すまい」

「お言葉に甘えまする」

水野越前守の勧めに扇太郎は従った。

「話は変わるが、そなた品川の一太郎と会ったことがあるのだな」

「何度か」

扇太郎は首肯した。

「どのような奴だ」

「拗《す》ね者でございまする」

「ふむ」

「わたくしどものような、出世も加増も望めない貧乏御家人の拗ねかたとは違いまする。わたくしどもの拗ねかたは、相手をしてもらえない子供が、周りの気を引くためにしているもの。対して、一太郎の拗ねかたは、己に世間を合わさせようとするもの」

感じたままを扇太郎は述べた。

「いや、そうではないかも知れませぬ。なんと申せばよろしいのか、己を見てくれないならば、不要である。不要なものは切り捨てて当然と言うべきというか……」

表現に扇太郎は困った。

「わかった。なるほどな。天下に対する拗ね者ではなく、将軍家へ対する拗ね者か。見捨てられた血脈の復讐……」

うまく言えない扇太郎のあとを水野越前守が引き取った。

品川の一太郎は、八代将軍吉宗の落胤《らくいん》天一坊の子孫と称していた。

八代将軍吉宗は、生母の身分が低かったため、成人するまで紀州徳川家の公子と認められていなかった。当然、和歌山城内で生活できず、家臣の屋敷で成長した。そのとき、家臣の屋敷の女中に手を出した。しかし、公子としての待遇を受けていない庶子の身分で、しかも元服さえしていない若さで女を妊娠させた。これは、あまりにつごうの悪いことであった。女から妊娠を告げられた吉宗は、男子ならば機を見て名乗り出よ、女子ならば思うがままにしていいと命じ、後の証拠とするための短刀と書付を女に渡し、実家へ送り返した。そのときの子供が、名乗り出た。それが天一坊であった。

吉宗が女中に渡した書付、短刀の両方を持って品川へ来た天一坊は、「まもなく親子対面、十万石の領土を与えられることになる。ついては、家臣と屋敷建築の職人、出入りの商人を捜しておる」との触れこみで、人と金を集めた。

将軍家の息子を名乗るという大胆な行動に、幕府の対応は遅かった。吉宗の胸に覚えがあったからである。だが、被害が拡大していったことで、放置しておくことはできぬと幕府は品川を管轄していた関東郡代伊奈半左衛門《いなはんざえもん》へ命じ、天一坊の調査をさせた。その結果、天一坊は偽者とされ、世情を騒然とさせた罪をもって処断され、一件は終息した。

はずであった。

実際は、吉宗の過ちをなかったこととしたい幕府による幕引きであった。

もし、天一坊を吉宗の子供と認めてしまうと、大きな波紋が生まれる。まず、九代将軍と決まっている家重《いえしげ》の兄ができてしまう。これは将軍継嗣は長幼に従うべしという神君家康の遺訓に背くことになる。

かといって、天一坊を跡継ぎとすることはできなかった。すでに家重を九代将軍として幕府は態勢を整えていたのだ。家重の側近となる大名や旗本も選抜されており、今さらの変更は騒動を引き起こしかねない。

また、天一坊を徳川が受け入れると、まねをする者が出てくるとの懸念があった。三代将軍家光、四代将軍家綱《いえつな》、七代将軍家継《いえつぐ》、十代将軍家治《いえはる》など、生まれたときから江戸城にいた将軍では考えられない。なれど、他家から養子に入った将軍たちには、落胤がいないとは限らないのだ。それこそ、家康や秀忠のころまでさかのぼれば、どこに胤《たね》を撒いたかなど確認のしようもない。

幕府は臭いものには蓋《ふた》をではなく、天一坊を見せしめにした。

しかし、ときを喰いすぎていた。

幕府の対応がなかなかなされなかったため、多くの者は天一坊を本物だと信じた。なかには、娘を差し出した者までいた。その娘たちは、天一坊が捕まると実家に引き取られた。そのなかに妊娠していた女がいた。それが一太郎の祖父であった。磔になった男の子として、一太郎の祖父たちは、世間の片隅でひっそりと生きたが、孫は違った。

「世が世ならば、吾こそ将軍」

一太郎の言であった。それを公言することは、ふたたび幕府の誅殺《ちゅうさつ》を呼ぶことになる。

「闇の将軍として、吾は江戸の夜を支配する」

排除された血族の恨みを内包した一太郎は、表舞台に出ることをあきらめ、裏を牛耳ろうとした。

「八代さまも面倒なものを残してくださったわ」

水野越前守が嘆息した。

「ときの幕閣もなっておらぬ。天一坊だけを処断するのではなく、なぜ、その子も始末しておかなかったのか。品川を任されておきながら、この体たらく。伊奈半左衛門も情けないことだ」

冷たく水野越前守が当時の役人たちを非難した。

「上様の御代《みよ》に、過去の亡霊など不要」

水野越前守が、扇太郎を見た。

「畏れ入りまするが、闕所物奉行ではなにもいたしかねまする。先日の轍《てつ》を踏むだけでございまする」

一太郎の始末を命じられる前に、扇太郎は逃げた。

「わかっておる。それに、もう手は貸してやらぬ。二度も同じ失策を犯すようでは、ものの役に立たぬ」

じろりと水野越前守が睨んだ。

「品川の代官は一太郎に骨抜きとされておる。あやつを更迭したところで、代官ていどでは相手になるまい」

「…………」

「ならば、一太郎を江戸の町へ来させればいい」

「江戸へ……」

「そうだ。高輪《たかなわ》の大木戸をこえれば、町奉行の管轄だ。町奉行ならば、一太郎を取り押さえることもできよう」

水野越前守が言った。

「ですが……」

西田屋甚右衛門から、南町奉行筒井伊賀守が、一太郎の意を受けた老中土井《どい》大炊頭《おおいのかみ》に命じられて吉原へ手入れをしたことを、扇太郎は聞かされていた。

「伊賀守であろう」

鼻で水野越前守が笑った。

「ひとところに止めておけば、どのような清流であっても腐る。伊賀守は長くおりすぎた。替える」

あっさりと水野越前守が述べた。

「では、そのあとに入られたお方へ」

「うむ。町奉行の悪癖に染まる前にさせればよかろう」

「与力、同心のなかには、一太郎の金で飼われている者もおるようでございまするが」

「誰が飼い主か、思い出させてやればいい。町奉行所の与力、同心から先手組《さきてぐみ》の与力、同心へ異動した前例はある」

扇太郎の懸念を水野越前守が一蹴《いっしゅう》した。

「そのおりは、わかっておるな」

「……囮《おとり》になればよろしいので」

「わかっておるならばよい。それまでは、一太郎への手出しはするな」

「はっ」

「鳥居耀蔵にも一太郎の話をするでないぞ。あやつならば、手柄にしようとして先走りかねぬ。一太郎の問題は、目付あたりが手出ししてよいものではないのだ」

「…………」

返答できる立場ではないと扇太郎は無言で平伏した。

第三章　走狗奔走

一

　江戸城に出入りする大名旗本の数は、一日で千人をこえる。大手門の番士たちも、役人すべての顔を覚えているはずもなく、お城への出入りはよほどのことがない限り、自在であった。同役さえも見張り合う目付にとって、徒目付や小人目付などの配下の行動を知られにくい現状は好都合であった。

「お目付さま」

　城中の非違を監察するべく巡回中であった鳥居耀蔵が、呼びかけられて足を止めた。

「小高か」

　小人目付の小高源三であった。

「旗本高宮正吉《たかみやまさよし》の娘が、昨日自害いたしたそうでございまする」

「高宮か。確か書付に名前があったな」

小高源三の報告に鳥居耀蔵が呟いた。

「芝田町《しばたまち》の岡場所だそうでございまする」

「やはり売られていたか。ご苦労であった。以後も気をつけておけ」

「はっ」

言われた小高源三が、鳥居耀蔵の前から去っていった。

「残っておるのは……」

懐から書付を取り出して鳥居耀蔵が見た。

「御家人多島昨蔵《たじまさくぞう》か。ほう、娘は深川富岡八幡宮前の岡場所に売られたか。榊が近いな」

書付をしまいながら、鳥居耀蔵が考えた。

「調べさせてみるか。榊の肚を探る試金石となるやも知れぬ。そういえば、あの書付のなかに、屋島伝蔵《やしまでんぞう》の名前もあったな。屋島伝蔵の娘伊津《いづ》、岡場所へ売られての名前が朱鷺《とき》。榊のところにいる女と同じ名前」

鳥居耀蔵が独りごちた。

「屋島を使う日もそう遠くないかも知れぬな」

目付巡回を再開すべく、鳥居耀蔵が歩き出した。

同じころ、疲れ果てたようすの初老の旗本が、品川宿の廻船問屋《かいせんどんや》紀州屋の前に立った。

「これは高宮さま」

応対に出てきた一太郎が、名前を呼んだ。

「娘が死にましてござる」

絞り出すように初老の旗本が告げた。

「さようでございましたか。それはご愁傷様でございまする」

一太郎が頭を下げた。

「や、約束どおり、残りの借財は……」

「ご香典代わりということで、なかったものとさせていただきましょう。番頭さん」

すがるような高宮へうなずいて、一太郎が呼んだ。

「へい。こちらで」

番頭が一枚の書付を差し出した。

「では、このように」

受け取った書付を、一太郎が裂いた。

「うっううう」

細切れになった書付を見て、高宮が泣いた。

「これで、高宮さまが娘さんを売ったという証は消えました。お家も安泰でございますな。では、お気をつけてお帰りを」

一太郎が高宮を追い出した。

「金のためとはいえ、ああもあっさり娘に死ねと言えるかねえ。庶民なら娘を売っても死なせはしない。侍というのは、むごいねえ。家名のためと言えば、なんでもできる」

あきれた口調で一太郎が言った。

「残るは、深川の岡場所へ娘を売った御家人多島昨蔵だが、未だ報告がない。他の者が動いたにもかかわらず、なにもしないというのは、許せないねえ。数日待って変わらなければ、評定所《ひょうじょうしょ》へ訴えようかね。借財を返してくれないと」

冷たく一太郎の目が光った。

「その前に、せっかく娘が死んでくれたのだ。世間さまへお報せしないとね。芝田町の岡場所だったねえ。そこに目が集まってくれれば……もうちょっとで神楽坂は手にできる。それまで目を逸《そ》らせればいい」

一太郎が笑った。

「番頭さん、手配をお願いしますよ。派手に撒くようにね」

「へい」

命じられた番頭が受けた。

城内の巡回を終えた鳥居耀蔵は、江戸城を出た。

互いをも監察し合う目付は、己の行動を他人に話すことはなかった。さすがに任のためとはいえ、駿河《するが》や大坂へ出向くおりは、当番目付まで届け出なければならないが、城下へ行くくらいは誰に報告する義務もなかった。

「……………」

黒の麻裃《あさがみしも》は目付の印である。大手門を通過する鳥居耀蔵へ、書院番士たちが黙礼をした。

答礼することもなく、鳥居耀蔵は足を速めた。

「殿さま」

鳥居耀蔵の中間《ちゅうげん》が大手門前の広場で待っていた。

「南の同心、多田谷《たたや》を。儂は大番屋におる」

「へい」

中間が駆けていった。

「これは、お目付さま」

大番屋に詰めていた町奉行所の小者が、慌てた。

「しばらくここを借りる」

出て行けと鳥居耀蔵が命じた。

「はっ」

二人の小者が大番屋から離れた。

「お呼びだそうで」

小半刻（約三十分）少しで、南町奉行所定町《じょう》回り同心多田谷源太《げんた》が顔を出した。

「芝田町の岡場所だ」

「……またでございますか」

多田谷が苦い顔をした。

「もうそろそろ終わりだ」

淡々と鳥居耀蔵が言った。書付に載っていた旗本のほとんどが、娘を死なせていた。

「さようでございまするか」

ほっと多田谷が息をついた。

「娘を売ったことは不問にするとの話が出ておることを知っておるな」

「小耳には挟んでおりまするが」

鳥居耀蔵の問いに多田谷がうなずいた。

多田谷と鳥居耀蔵の出会いは、江戸市中で旗本の屋敷が続けて放火されたときにさかのぼる。目付として火事場へ臨場した鳥居耀蔵は、その場を取り仕切っていた南町奉行所同心多田谷源太と知り合った。その頭の切れに目を付けた鳥居耀蔵は、その後多田谷を走狗《そうく》として取りこんでいた。

「それが、どういうことかわかるか」

「これ以上、市中にみょうな噂が立たぬようにとのご配慮では」

多田谷が答えた。

「浅い」

一言で鳥居耀蔵が切って捨てた。

「ではどういうことでございましょう」

「責任を取らせると決まったからだ」

「……責任」

鳥居耀蔵の言葉に多田谷が息を呑んだ。

「南か北か、どちらかの奉行が近いうちに交代するであろう」

「その後にお目付さまが……」

「いいや、まだだ。今奉行になったのでは、長くはできぬ」

はっきりと鳥居耀蔵が首を振った。

「今度の奉行は、後始末を押しつけられるだけだ。おそらく一年ともつまい」

「後始末……」

大きな音を立てて、多田谷が唾液を飲みこんだ。

「今回の騒動の発端を思い出せ。品川の一太郎が吉原へ手出しをしようとして、金を貸した旗本の娘を使った。その余波だ、これらはな」

ぎろりと鳥居耀蔵が多田谷を見た。

「そなたは金をもらってなどおるまいな」

「もちろんでございまする。あのような危ない男から金をもらってしまえば、町奉行所の同心として終わりでござる」

とんでもないと多田谷が否定した。

「よかろう」

鳥居耀蔵が立ちあがった。

「お目付さま」

多田谷が呼び止めた。

「なんだ」

「伊賀守さまが南町奉行から転出され、新しいお奉行さまが赴任されまするると、町奉行所の与力同心の役職も変わりまする」

「で」

先を鳥居耀蔵が促した。

「なんとかお目付さまのお力で、わたくしを定町回りのままにしていただけませぬか」

窺《うかが》うような目つきで多田谷が願った。

「ならぬ」

ためらうことなく鳥居耀蔵が拒否した。

「な、なぜでございまするか。わたくしはお目付さまの命《めい》に従って参りました。その褒美《ほうび》を願ってもよろしゅうございましょう」

多田谷が文句を付けた。

町同心は、罪人を取り扱うため他の役人たちから不浄とさげすまれてきた。だが、それをこえて余得が多かった。大名、旗本、町人たちからの付け届けがあったからである。なにかあったときに手心を加えてもらおうと考えた町人や、もめ事を表沙汰にしたくない大名や旗本が、盆暮れに金を出した。その金額は、本禄をはるかにしのぐ。とくに町奉行所のなかでも有能とされる定町回りへの付け届けは多く、妾を抱える者もいたほどであった。

「目先だけで損得を見るな」

鳥居耀蔵が叱った。

「先ほども申したであろう。今度の奉行は一年ももたぬとな。一年も経たぬうちに役目を免じられる。それは懲罰である。懲罰を受けた奉行のもとで定町回りなどしてどうなるのだ。それこそ、奉行と一蓮托生《いちれんたくしょう》で、隠居謹《つつし》みを命じられるやも知れぬのだぞ」

「…………」

言われた多田谷が言葉を失った。

「そなたは、儂が町奉行となったとき、腹心として仕える者。それまでの間は、目立たぬように、儂の命じることだけをしておけ。さすれば、儂が奉行となったとき、筆頭同心、いや、与力への引き立てをしてやろう」

「与力……」

多田谷が目を大きく見開いた。

同じ町奉行の配下でありながら、与力と同心の間には大きな壁がある。まず禄に十倍以上の差があった。同心が三十俵二人扶持、石にして十二石であるのに対し、与力は二百石である。また、一代限りのお抱え席でしかない同心とは違い、与力は譜代《ふだい》席であった。

「町方ならば、庶民の煽《あお》りかたなど知っておろう。うまく遊女の自害を江戸の噂に仕立てあげよ。評判が大きくなればなるほど、町奉行の交代は早まる。そなたの与力出世も近くなる。よいな」

返答を待たずして、鳥居耀蔵は大番屋を出て行った。

「吾が与力か……」

一人残った多田谷が繰り返した。

翌日、芝田町で遊女の自害と書いた瓦版《かわらばん》が出た。瓦版はたちまちにして拡がり、芝田町以外でも刷られ、江戸の話題を独占した。

瓦版を受けて、動いたのは日本橋の顔役伊豆屋兼衛門であった。

「芝田町かい。おい、誰か」

「へい」

若い手代が顔を出した。

「この瓦版を書いた奴を連れておいで」

「すぐに」

命じられた手代が急いで出て行った。

半日ほどして、手代が戻ってきた。

「どうした」

一人で帰ってきた手代に、伊豆屋兼衛門が怪訝《けげん》な顔をした。

「瓦版を書いた奴は、権太《ごんた》とすぐに知れたんでやすが、野郎、今朝から姿を消してやがるようで」

手代が報告した。

「そうかい。雲隠れしたかい。わかった。ご苦労だったね。ご苦労ついでに、深川まで行って、榊《さかき》さまへこのお話を告げてきておくれ」

伊豆屋兼衛門が、手代を送り出した。

屋敷で扇太郎は瓦版を前に腕を組んでいた。

「思い切ったことをしてくれる」

瓦版は安い紙に墨一色で文字を刷ったものだ。時勢を皮肉ったものから、大事件にいたるまで、庶民の興味を引きそうな話題を載せていた。

一枚が四文から八文で、庶民にも買え、噂話を伝える大きな手段であった。

「岡場所から漏れるはずはない。となれば、やはり娘を売った親だが、下手をすれば、己の家名を突き止められて、かえってまずい事態ともなりかねぬというに」

扇太郎は嘆息した。

「お奉行さま」

玄関から呼ぶ声が聞こえた。

「よい。吾が出る」

台所から応対に出ようとした朱鷺を手で押さえ、扇太郎は玄関へと行った。

「伊豆屋の手代、正次郎《まさじろう》と申しまする。主から榊さまへお報せするようにと……」

正次郎が語った。

「それはお手数をかけた。伊豆屋兼衛門どのによろしくとお伝え願いたい」

扇太郎は正次郎をねぎらった。

「では、わたくしはこれで」

帰っていった正次郎を見送って、扇太郎は居室へ戻った。

「この瓦版を書いた奴が逃げた。つまり、そいつはことの危なさを知っていたわけだ」

扇太郎はもう一度瓦版を読んだ。

「二日前、芝田町の遊郭讃岐屋《さぬきや》の抱え遊女、月代《つきよ》が、深夜湯呑みを割った破片で、喉を掻《か》き切って自害を果たした。部屋は血で真っ赤に染まり、一夜の共寝をしていた客は、温かい血潮の雨を浴びて絶叫、讃岐屋は大騒動となった。月代は武家の出との噂もあり、凜《りん》とした姿が人気の遊女として知られていた。讃岐屋では看板遊女を失っただけでなく……」

「………」

いつの間にか朱鷺が側で座っていた。

「こういう自害の仕方を知っているか」

「知っている」

朱鷺が首肯した。

「武器になるものを女のもとへ置いておくのか」

「普通妓は自害しない。借財がまた実家へ行く」

「なるほど」

「病死のときは、岡場所も文句は言わない。でも自害は別。かならず親元へ取り立てが行く」

淡々と朱鷺が述べた。

「では、今回の旗本の娘たちのも……」

「武家の娘は別。養女になっているから。いまさら責任を押しつけられない」

朱鷺が言った。

「そうか。それで旗本たちは、娘に自害を命じられたのか」

「でも、それは表向き」

納得しかけた扇太郎へ朱鷺が首を振った。

「紙切れ一枚で泣き寝入りするような者が、遊女屋などをするわけもない」

冷たく朱鷺が告げた。

「では、どうなるのだ」

「ほとぼりが冷めたころ、しっかり取り立てに行く」

扇太郎の問いに朱鷺が答えた。

「しかし、養女縁組証文があるのだ。相手にせずともよかろう」

「借財の取り立てはできない。でも供養代は別」

「供養代……」

「そう。養女にやったとはいえ、娘のこと。いくらかの供養代は出して当然。こう言って来る。相手にしなければ、門前でわめく。養女に出した娘の線香代も出さないのか、この鬼と」

感情のこもらない声を朱鷺が出した。

「それはたまらないな」

聞いた扇太郎は、眉をひそめた。

武家というのは体面を重んじる。とくに武士のなかの武士として威張っている旗本は格別であった。門前で騒がれるだけでも恥なのに、娘の死に線香もあげないと罵《ののし》られれば、いたたまれなくなるのは当然であった。

「情がない」

こう思われるだけならばまだよかった。

「娘を町人の養女に出した」

これを知られるのがまずかった。なにせ、わめくのが岡場所の主だ。町人の養女に出す。貧乏な旗本御家人ならば、誰もが娘を売ったと気づく。となれば、武士としての面目など吹き飛んでしまう。

「結局、金を払うことになる」

「しかし、金がなければ払いようもあるまい」

「親戚から借財をしても、払わなければ、家がたちいかなくなる。親戚も一族の悪評はつごうが悪い。いつもなら貸さない金も、出すことになる」

朱鷺が語った。

「見たことがあるのか」

「あると言っても、話を聞いただけ。見世から出られなかったから。男衆が女たちを脅すために言っただけかも知れない」

「そうか。ありがとうよ」

扇太郎は頭を下げた。

「ほとぼりが冷めるまで……か」

「四十九日」

短く朱鷺が口にした。

「最初のころの自害だとそろそろだな」

手にしていた瓦版を、扇太郎は丸めてくずかごへ放りこんだ。

「ごめんを」

ふたたび玄関から訪《おと》ないを入れる声がした。

「わたしが行く」

朱鷺が立ちあがった。

「鳥居さまからお手紙」

しばらくして朱鷺が書状を手に戻ってきた。

「……鳥居さまか」

露骨に表情をゆがめながら、扇太郎は受け取った。

「調べてこいか」

内容を見た扇太郎は、嘆息した。

「…………」

朱鷺が首をかしげた。

「吾を屋敷に呼びつける材料にするつもりだな」

扇太郎は鳥居耀蔵の考えに気づいた。

「蛇の前の蛙だ」

鳥居耀蔵の圧力は、扇太郎をしても辛い。

「なぜ従うの」

「弱みを握られているというのもあるが、鳥居は鳥居なりに御上のことを考えているからだ。私欲がない」

小人目付のころから鳥居耀蔵を見続けてきたのだ。扇太郎は鳥居耀蔵が無欲であることをよく知っていた。

「蘭学を弾圧したのも、高野《たかの》長英《ちょうえい》らの考えが、幕府の根本である儒学を無視するからだ。たしかに忠義で鉄炮には勝てぬ。だが、忠義を否定しては、幕府が成りたたぬ。いや、侍など不要になってしまう」

「……人の命よりも名前を選ぶ。そんな武士など滅びてしまえばいい」

冷たく朱鷺が吐き捨てた。

「そう言うな。拙者も武士なのだからな」

扇太郎は苦笑した。

「放置しておくわけにも行かぬ。行って来る。泊まりはしないが、遅くなるだろう。戸締まりをして、先に寝んでいい」

「夕餉は」

「鳥居屋敷では白湯しか出ないからな。食べてから出かける。湯漬けでいい。用意をしてくれ」

「…………」

無言で朱鷺が台所へと立っていった。

二

屋敷を出た扇太郎は鳥居耀蔵の屋敷がある下谷《したや》新鳥見町へ向かう前に、遊女屋相模を訪れた。

「お奉行さま」

見世の前で客を引いていた男衆がすぐに気づいた。

「主なら……」

「いや、少し訊きたいことがあるだけでな。忙しいときに悪いが、霧は大事ないか」

呼びに行こうとした男衆を扇太郎は止めた。

「へい。今日も見世開けから客がひっきりなしで」

「そうか。じゃまをした」

無事だと聞けばそれでよかった。扇太郎は軽く手をあげて謝意を示すと、相模を後にした。

深川から下谷へゆっくりとときをかけた扇太郎が、鳥居耀蔵の屋敷へ着いたのは、すでに暮れ五つ（午後八時ごろ）近くなっていた。

「これは榊さま」

顔馴染みの中間が、扇太郎に気づいた。

「殿さまは、まだか」

「はい。いつもならそろそろお帰りなのでございますが……」

鳥居屋敷の大門が開かれていた。

「お呼び出しなのだ。待たせてもらっていいか」

「どうぞ」

中間が扇太郎を通した。

扇太郎が待つのは、いつも玄関を入ったところにある供待ちであった。四畳ほどの小さな小部屋に、火鉢が一つ置かれているだけで、畳はおろか敷きものさえない。土間で部屋の三方に腰掛け代わりの板が打ち付けてあるだけの粗末なところであった。

「これを」

先ほどの中間が、鉄瓶にお湯を入れて持ってきてくれた。

「かたじけない」

礼を述べて、扇太郎は置かれていた湯呑みへ白湯を注いだ。

「…………」

白湯を喫すること三碗、ようやく鳥居耀蔵が帰邸した。

「お帰りいいい」

夜間にもかかわらず、出迎えた中間が大声をあげた。

「早いの」

玄関へ上がる前、鳥居耀蔵が供待ちへ顔を出した。

「調べたのであろうな」

「はい」

呼び出したことへのねぎらいなどはいっさいなく、いきなりの用件に扇太郎は応じた。

「富岡八幡宮前の岡場所、相模の遊女霧は、さきほども見世にて客を取っておりました」

「……他には」

「見世の者からは、別になにも異常についての話などございませなんだ」

扇太郎は首を振った。

「それを信じたのか」

「鳥居さま、わたくしは闕所物奉行でございまする。それ以上のことをするわけには参りませぬ」

「阿呆め。話を訊くだけが能でもあるまい。なぜ、その遊女の客となって、寝物語りに話を聞かぬのか」

「女を買う金をいただいてはおりませぬ。闕所物奉行は持ち高勤め。役料などもございませぬ。とても遊女を揚げるだけの金などございませぬ」

はっきりと扇太郎は言った。

「儂が知らぬとでも思うたのか。闕所物奉行には余得があると知っておるのだぞ。闕所の売り上げ、その五分を吾が手にできるはずだ。甘く見るな、榊」

鳥居耀蔵が怒鳴りつけた。

「甘いのは鳥居さままでございまする。たしかに闕所物奉行には売り上げの五分をもらう慣習がございまするが、旗本の闕所は金になりませぬ。屋敷も土地も御上からの借りもの。娘を売るほど困窮している家に、金目のものがあろうはずもなく、ここ最近は余得どころか、手代たちへの心遣い分だけ持ち出しでございまする」

扇太郎は言い返した。

「……天下のためである。そのくらいの金、自腹を切ってでも出すのが当然であろう。そのために我らは代々禄をいただいておるのだ」

「八十俵に余裕などございませぬ」

「志の低い者は度しがたい。岡場所の女については、もうよい」

珍しく引く気配のない扇太郎に、鳥居耀蔵があきらめた。

「ご老中さまの命はどうなっておる。未だ報告に出向いておらぬようだが」

「…………」

やはり見張っていたかと扇太郎は苦い思いを噛み殺した。

「地元の顔役を通じて、岡場所へ話を回しましたが、なにぶんにも江戸は広く、岡場所の数も多いので、一朝一夕ですみませぬ。また、確実に話が届いたと確認できるまで、ご老中さまへお話しするわけにも参りませぬので」

扇太郎はごまかした。

「ふむ。不確かな報告をされては、お忙しいご老中さまにとって迷惑なだけではあるな。しかし、探索をする者にとっては、明らかでないことであっても大きな手がかりとなる。儂にはつぶさに報せよ」

「はい」

口調を和らげた鳥居耀蔵へ、扇太郎はうなずいた。

「そなたはどう見る」

「このたびの一件でございまするか」

扇太郎は、考える振りをした。

「江戸の町へ騒擾《そうじょう》を起こすものとは思えませぬ。岡場所の女の自害。たしかに江戸の庶民たちの好みそうな話題であり、噂として拡がりはいたしまするが、御上への非難へ変わることなどございますまい」

「…………」

無言で鳥居耀蔵が先を促した。

「聞けば、岡場所への客足が増えたそうでございまする。とくに自害の遊女を出した見世は、毎日大流行だとか」

「ふむ」

「物見高いは江戸の常と申しまする。ですが、いつか冷めましょう。あまり気にすることもないかと考えまする」

「吉原はどうなのだ」

「まだ、吉原へは参っておりませぬ」

「なぜ行かぬ。吉原でも遊女の自害があるのではないか」

鳥居耀蔵が詰問した。

「吉原は格別でございまする。神君家康公の御免状を持ち、町奉行でさえ遠慮せねばなりませぬ。これは罪を咎めないことであり、吉原の見世は、なにがあっても闕所とはなりませぬ。とてもわたくしの手の届くものではありませぬ」

強く扇太郎は否定した。

「よろしくないな」

「なにがでございましょう」

呟いた鳥居耀蔵へ、扇太郎は問うた。

「御上の手が及ばぬ場所が江戸にある。これは上様の御治世の陰《かげ》となる」

「しかし、吉原は神君家康公の……」

「家康さまのお声掛かりが今まで残っておるのが不思議なのだ」

扇太郎の口を封じて鳥居耀蔵がかぶせた。

「考えてみるがよい。神君家康さまのお約束で未だに通じておるものがあるか」

「えっ」

問われて扇太郎は絶句した。

「家康さまは関ヶ原で、伊達政宗《だてまさむね》に味方すれば百万石をやると言われたという。だが、仙台は未だに六十二万石のままだ。また、御三家もそうだ。将軍家に人なきとき尾張、紀州、水戸の順に人を出せと仰せられていたそうだが、尾張からは一度も将軍が出ていない。世継ぎなしは断絶。これも家康さま以来の祖法でありながら、今では末期《まつご》養子も認められている。思いつくだけでもこれだけあるのだ。どれも神君のお言葉が絶対ならば、果たされておらなければならぬものである。それがなされていないのは、神君の残されたものといえども、変えてかまわぬとの証拠」

「……………」

扇太郎はなにも言い返せなかった。

「江戸に遊女が要りようなのは確かである。男の数が多く女が足りぬ。この状態が続けば、どうしても気がいらだちつまらぬことで争いになる。遊女は妻と違い、子をなすことなく不特定の男の獣欲を受け止める。人の身の売り買いをする違法な商いであるが、遊郭なしで、江戸は成りたたぬ」

鳥居耀蔵はよく実情を把握していた。

「だからといって、表に出てよい商売ではない。人の陰に隠れ、密《ひそ》やかに生きて行かねばならぬはずの遊郭が、表に出た。これが大きなまちがいである。神君家康さまのお許しを願う。日陰におるべき吉原の不遜《ふそん》」

一転して、鳥居耀蔵が厳しく指弾した。

「吉原だけが変わらぬなど論外である。ご老中さまへお話をせねば」

鳥居耀蔵の目はすでに扇太郎を見ていなかった。

「帰ってよい」

「ではこれにて」

手で追い払われて、扇太郎は下谷の屋敷を出た。

「役に立たぬ。いや、隠しておるのか」

居室で着替えながら、鳥居耀蔵が独りごちた。

「儂に逆らうような口を利きおった。貯めてきた財を奪い取る、人のもっとも醜い欲を目《ま》の当たりにすることが、あやつを使える者となすはずであったが……ご老中さまへ鞍替《くらが》えを図るなど、傲慢な。綱を外した犬など、野良でしかない。飼い犬に手を噛まれるほど、儂は愚かではない。切りどきか」

鳥居耀蔵が呟いた。

「身売りした旗本の娘が問題となっている今こそ、好機である。榊、そなたの出番はもう終わりだ。大人しく儂に従っておれば、いずれ徒目付くらいにはしてやったものを」

手を叩いて鳥居耀蔵が家臣を呼んだ。

「なにか」

廊下で家臣が膝を突いた。

「明日の夜、岩戸町《いわとちょう》一丁目の旗本百八十石、屋島伝蔵を呼べ」

「承知いたしましてございまする」

家臣が受けた。

鳥居耀蔵の屋敷を出た扇太郎は、両国橋を渡った。民間へ委託された両国橋は、渡るのに金が要る。もっとも武家と僧侶神官は無料なので、扇太郎は支払ったことはないが、橋の袂にある番小屋で徴収していた。

「もう四つ（午後十時ごろ）を過ぎたか」

番小屋の戸障子はしっかりと閉められ、人の気配はない。橋の代金は四つまでしか取れず、翌朝の七つ（午前四時ごろ）になるまで、無料となった。

といったところで、四つを過ぎれば、町内の木戸が閉まる。木戸が閉じていても通行はできたが、一々木戸番を起こして開けてもらわなければならないのだ。その面倒を考えれば、橋代の二文をけちって、夜中に渡るだけの意味はなかった。

反りのきつい両国橋を渡るには、足に力をこめなければならない。剣術遣いでもある扇太郎にとって苦もないことだが、やはり天辺《てっぺん》に着くとほっとした。

両国橋の中央は、臨時の橋番小屋があった。将軍家が船で大川を通られるとき、橋の上から見下ろす不敬な輩を出さないための見張りや、花火の日など人出の多いときの整理、夏場の夕涼みの時期などに橋番が出た。橋番小屋も幅一間（約一・八メートル）、奥行き三尺（約九十センチメートル）の小さなもので、雨露をかろうじて防げるていどの粗末なものであった。

「待ちくたびれたぞ」

橋番小屋の陰から扇太郎の前へ、浪人者が出てきた。

「なんだ、おまえは」

「闕所物奉行の榊扇太郎か。どれほどの男かと思ったが、ただの御家人ではないか」

浪人者が笑った。

「用件は訊くまでもなさそうだが……」

「話の早いのはいいな」

草履を脱いで、浪人者が太刀を抜いた。

「誰に頼まれた」

「おぬしを殺せと頼まれたわけではないのだ。ただ、依頼された相手を片付けるのに、おぬしが障害でな」

「……天満屋か」

扇太郎は先日、天満屋孝吉を襲った若い男の刺客を思い出した。

「人殺し稼業というのは、なかなかに厳しいものでな。ちゃんと仕事を果たさないと金がもらえぬ。それだけではない、一度でも失敗すると次から仕事が来なくなる。来ても値を下げなきゃいけない。食べていけぬのだよ」

浪人者が語った。

「吾はつけたしか」

「料金のうちだ」

だらりと下げていた太刀を浪人者が引きあげた。

二人の間合いは二間（約三・六メートル）にまで縮んでいた。

「ここならば、死体の始末にも困らぬ。欄干《らんかん》の隙間から落とせば、明日には海に着く」

浪人者が足を止めた。

「……そうか」

雪駄《せった》を脱いで裸足《はだし》になった扇太郎は、足場を固めた。

「しゃあ」

扇太郎が太刀を抜く前に、浪人者が仕掛けてきた。前へ踏みこみながら、下げていた太刀を斜めに斬りあげた。

「ふん」

油断はしていなかった。扇太郎は、大きく後ろへ跳んでかわした。

「ちっ」

舌打ちした浪人者が、太刀を青眼《せいがん》に構えなおした。

「運がよいようだな」

間合いを見た浪人者が鼻先で笑った。

腕の立つ者ほどかわす動きは小さくなる。かわしたあとの反撃に出やすいからである。

しかし、扇太郎は間合いを二間へと戻していた。

「運がいいのか、悪いのか。生き残ってから考えるべきだろう」

扇太郎は太刀を立て、右脇へと引きつけた。

「だったら、おぬしは悪いのだよ。拙者と会ってしまったのだからな」

浪人者が無造作に間合いを詰めてきた。

「…………」

口を閉じ、扇太郎は機を窺った。

「えいやあ」

太刀を上段へと変えた浪人者が、鋭い気合いを発して飛びこんできた。

「ぬん」

今度は扇太郎も応じた。

左へ踏み出しながら、脇構えの太刀を落とした。

真っ向から振り出された浪人者の一撃は、扇太郎が左へ逃げたことで空を打ち、そこへ扇太郎の一刀が襲った。

「うおっ」

自ら浪人者が転んだ。

「やるな……」

二回転ほどして距離をとった浪人者が、すばやく立ちあがった。

「……」

無言で扇太郎は、下段になった太刀を斬りあげた。

「なんの」

浪人者が避けようと後ろへ下がった。扇太郎は追撃を撃った。続けざまに太刀を下段上段下段と繰り返して出した。

「くっ」

かろうじて逃げ続けた浪人者の背が、橋の欄干に当たった。

「あっ」

浪人者が後ろを見た。

「おうやああ」

その隙を扇太郎は見逃さなかった。

扇太郎の一刀は下段から深々と浪人者の下腹を裂いた。

「冷たい……いや熱い」

浪人者が、己の腹に喰いこんでいる扇太郎の太刀を見下ろした。

「えっ。あっ」

まだ理解できていないのか、浪人者が刀と扇太郎の顔を見比べた。

「ふん」

扇太郎は太刀を引き抜いた。

「あああああ。なにかが抜ける」

慌てて刀を捨て、浪人者が両手で腹を押さえた。だが、浪人者の両手の隙間から、青白いものがあふれ出た。

「腹が出てしまう」

泣きそうな声で浪人者が呟いた。

「くそう。死ぬのか」

浪人者が扇太郎を見た。

「強いな。おぬしは。最初の後ろへ下がって多く間合いを空けたのは、拙者の立ち位置を変え、背後までの目測を狂わせるためだな」

「……ああ」

扇太郎は認めた。

待ち伏せされていた。これは地の利、ときの利を最初から握られていることであった。それを少しでも変えるために、扇太郎は無駄と見える動きをし、浪人者の利を削ったのだ。

「天満屋孝吉を殺す障害が、これほど高いとはなあ」

力をなくしたように、浪人者が膝を突いた。

「一つ頼まれてくれないか」

浪人者が扇太郎を見上げた。

「…………」

引き受けるとは言わず、頭を少しだけ動かすことで、扇太郎は先を促した。

「ここから捨ててくれ。死に様を見せないでもらいたいのだ。情けないが、もう欄干をこえるだけの力はない。嫌というほど他人の死に顔を見てきたくせに、己のは隠したいなどと贅沢な望みとはわかっているが……妹に……」

そこまで言ったところで浪人者が息絶えた。

「誰もが背負うものを持つ。それを守るために必死なのは当たり前だ」

扇太郎は、慎重に浪人者へ近づくと、まず地に落ちた刀を川へ放り投げた。

「死んでいるな」

確認した扇太郎は、己の太刀を拭《ぬぐ》って鞘へ戻した。

片手で浪人者を拝んで、その身体を引きずるようにして橋の縁へと運んだ。

「そのあたりの杭《くい》に引っかかるなよ」

そう告げて、扇太郎は浪人者を川へ落とした。

大きな水音が、夜の江戸の闇に響いた。

三

翌日、屋敷を出る気にならず、居室で転がっていた扇太郎のもとへ、天満屋孝吉がやって来た。

「ご機嫌斜めのようでございますな」

入ってきた天満屋孝吉が、扇太郎を一目見て言った。

「なにか用か」

不機嫌な顔で扇太郎は訊いた。

「両国橋で、昨夜斬り合いがあったようでございますよ」

「ふん」

小さく扇太郎は鼻を鳴らした。

「知っておるのだな」

「はい」

天満屋孝吉がうなずいた。

「見ていた者がおりました」

「気づかなかったな」

扇太郎は、ようやく起き上がった。

「袂の橋番小屋のなかで物乞いのじいさんが寝ていたのでございますよ」

「あの狭いところでか」

「横になることはできないそうでございますがね、足を伸ばして座れはするそうで。雨露がしのげると入りこんでいると」

天満屋孝吉が説明した。

「殺気に紛れてしまったか」

最初から殺し合ったのだ。互いに発する殺気で、息を潜めて隠れている物乞いに気づかなかったのも当然であった。

「その物乞いは浅草の者だな」

「さようで」

問いに天満屋孝吉が首肯した。

「お奉行さまの顔を存じておりますので、朝になるなり報せて参りました」

「そうか……」

扇太郎は苦笑した。

「相手の浪人者のことも知っておりまして」

「ほう」

扇太郎は興味を持った。

「薬研堀《やげんぼり》の香具師《やし》、七夕《たなばた》の一蔵《いちぞう》という者の身内でございました」

「七夕とはまた色気のある二つ名だな」

「もと武家あがりで、本名が笹《ささ》というそうで。そこから七夕と」

「聞いてみると、ありがたみもなくなる」

天満屋孝吉の話に、扇太郎は嘆息した。

「薬研堀は、おめえの縄張りじゃ」

「ございません」

ゆっくりと天満屋孝吉が首を振った。

「だろうな。でなきゃ、殺しなんぞ請け負うまい」

「……………」

「しかし、隣り合っているなら、天満屋、おぬしを仕留めるのがどれだけの難事かわかっておるだろうに」

「逆でございますよ」

扇太郎の言葉を天満屋孝吉が否定した。

「よく知っているからこそ、隙を探せる」

「なるほどな。油断する瞬間がわかるというわけか」

言われて扇太郎は納得した。

「なんにせよ、おかげさまでわたくしを狙っているのが、誰かわかりましてございまする」

暗い笑いを天満屋孝吉が浮かべた。

「七夕の一蔵を……」

「隣に泥棒が住んでいては、安心して出かけられませぬ」

天満屋孝吉が述べた。

「……………」

扇太郎は沈黙した。

「お奉行さまもお気をつけくださいませ。一蔵の顔を潰したことになりますので。殺しを請け負う者にとって、獲物から返り討ちにされることほど格好の悪い話はございません。獲物の力量を計りきれなかったわけでございますからな。頭分《かしらぶん》に見る目がないとさげすまれますする。それを拭い去るには、お奉行さまをみごと仕留めるしかございませぬ」

「ああ」

忠告に扇太郎は首を縦に振った。

「では、わたくしはこれで」

用件を終えた天満屋孝吉が帰っていった。

「少し出てくる。昼は外ですませる」

しばらくして扇太郎は、朱鷺に言い残して屋敷を後にした。

勘定方へ闕所の金を納めてしまうと、残るは記録の書付を整理するだけとなる。それら実務は老練な手代たちの独壇場であり、扇太郎の出る幕などない。

奉行とはいいながら、闕所物奉行の仕事は、ほとんどないに等しかった。

「残っていて当然か」

両国橋の中央には、水で洗われていた。しかし、しっかりと血の跡は確認できた。橋を渡る庶民たちが、気味悪そうに避けて行く。なかには立ち止まってこわごわと見ている者もいた。

「死とは忌むべきもの」

あらためて扇太郎は気づかされた。

大きく避けようとする者、立ち止まって覗《のぞ》きこむ者、橋の上はちょっとした混雑になっていた。

「立ち止まらず、行かっしゃい」

いつもはいない橋番が、手に持った六尺棒を床板に叩きつけて、野次馬を威嚇《いかく》した。

「……………」

急《せ》かされた群衆と一緒に扇太郎もその場を離れた。

橋を渡りきった扇太郎は、まず浅草の研《と》ぎ師を訪ねた。

「急ぎで悪いが、脂だけ落として欲しい」

「……人を斬りなさったね」

刀身を見た研ぎ師が言い当てた。

「……………」

脂の状態を見ようと目を凝《こ》らした研ぎ師が息を吞んだ。

「ま、正宗《まさむね》」

まじまじと研ぎ師が扇太郎を見つめた。

「天満屋にもらったものだ」

扇太郎は告げた。

「親方から……では、あなたさまが榊さまで」

研ぎ師が問うた。

「そうだが……」

「すぐに」

他の仕事を止めて研ぎ師が用意を始めた。

「さきほど親方からのお使いが見えまして、血脂の付いた正宗を研ぎに出されるお方が来られたら、何も言わずに受けろと」

「……そうか」

天満屋孝吉の手配りの良さに、扇太郎は感心した。

「お鞘もお預かりしまする」

「頼む」

一応拭ったとはいえ、脂は研ぎに出さないと完全には取れなかった。いかに夜中でも、抜き身のまま刀を持ち歩くことはできず、鞘へ戻した。刀身の脂がわずかとはいえ、鞘の内側に付いている。放置しておくと、錆《さび》の原因となりかねなかった。

「…………」

研ぎ師が刀身を睨むようにして見た。

「脂はここからここへか……切っ先三寸（約九センチメートル）だけ。かなりお遣いでございますな」

感心しながら、研ぎ師が細長い鉄の棒の先を曲げて薄い刃物のようにした道具を持ち出した。

「刀身を研ぐ前でないと、脂の位置がわかりませぬで。本来ならば鞘を割って、なかをあらためるべきなのでございまするが、そうなれば漆《うるし》の塗り替えなども入れると十日ほどかかってしまいまする」

鞘のなかへ道具を入れ、そっと探るように動かしながら研ぎ師が説明した。

「幸い切っ先だけでございますので、多少削りが過ぎましても、太刀が鞘内で暴れるというようなことはございませせぬ」

「ふむ」

扇太郎は納得した。

「では、研がせていただきまする」

研ぎ師が熱いお湯を用意した。目釘を外し、柄と刀身を分離する。

「脂をまず溶かしまする」

桶《おけ》に切っ先を漬けた。

煙草《たばこ》を一服するほど待って、太刀をお湯から引きあげた研ぎ師が、熱い刀身を白布で持ち、砥石《といし》に当てた。

かすかな音を立てて、刀身が研がれていった。

研ぎ終わった刀身を何度も綺麗な水で洗い、そのあと水気をていねいに拭き取って工程は終了した。

「お待たせをいたしましてございまする」

刀を元通りにして、研ぎ師が返した。

「いくらだ」

「一分お願いいたしたく」

研ぎ師が求めた。一分は一両の四分の一、銭にしておよそ一千文ほどになる。腕のいい大工の日当が二分ほどとされているのに比して、一分は安かった。

「これを取っておいてくれ」

扇太郎は紙入れから二分金を取り出すと、研ぎ師に渡した。一分は口止め料であった。

「二分……ありがたくいただきまする」

遠慮することなく、研ぎ師が二分金を押し頂いた。

研ぎを終えた扇太郎は、浅草寺門前町で遅めの昼餉《ひるげ》を取った。

「飯と汁、その焼き鰯《いわし》の醬油浸しをもらおうか」

「へい」

煮売り屋の親父がうなずいた。

幕府の役職に就いている者は、まず外食をしない。ちゃんとした料亭での宴席は別だが、まちがえても奉行と肩書きの付いた者が、小汚い煮売り屋で飯を喰うことはありえなかった。だが、数年前までは、無役の御家人として無頼に近い生活を送ってきた扇太郎である。場末の煮売り屋は馴染みであった。

煮売り屋の汁は具が入っていなかった。具が欲しければ、浅蜊《あさり》汁とか根深《ねぶか》汁と言わなければならず、ただ汁と注文すれば、出てくるのは具のない味噌汁であった。

扇太郎はどんぶり飯に味噌汁をかけ、鰯の焼き浸しをおかずにした。

「馳走であった」

代金を置いて煮売り屋を出た扇太郎は浅草寺の境内を抜け、浅草田圃《たんぼ》のあぜ道を抜けて、吉原へと向かった。

四

吉原は昼八つ（午後二時ごろ）に大門《おおもん》を開いた。もちろん、前夜から泊まっている客の出入りがあるので、潜り門は開け放たれているが、営業開始を告げる大門の開放は、八つから深夜子《ね》の刻（午前零時）までと決められていた。

「相変わらず、繁華なものだ」

感心しながら、扇太郎は吉原の大門を潜った。大門のなかはすでに遊客たちで混雑していた。

大門を過ぎてすぐ右手に、吉原会所があった。吉原会所は、出入りする客と廓抜けしようとする妓を見張っていた。

「これは、お奉行さま。お遊びでござんすか」

すぐに会所から忘八《ぼうはち》が駆け出してきた。

「いいや。西田屋どのに会いに来た」

「へい。おい。先触れをしな」

忘八の一人が、扇太郎の案内に立ち、別の忘八へ指示を出した。

「道ならわかるぞ」

「お一人で行かせたとなっては、会所が叱られやす。お奉行さまに気づかなかったのかと」

扇太郎の言葉に、忘八がとんでもないと言った。

「そういうものか」

「へい」

忘八が大きく首を縦に振った。

「あの会所の役目は、町奉行所の手が入らない吉原へ逃げこもうとする凶状持ちの阻止と、借金を残したままで足抜けをしようとする遊女を見張ること。どちらも一瞬の隙でも許されませぬ。その会所がお奉行さまをご案内しなければ、どうなるとお思いで」

「拙者に気づかなかったと……」

問う忘八へ、扇太郎は答えた。

「そのとおりで。それこそ、会所の者全員が、仕置きを受けまする」

忘八が震えた。

吉原の仕置きは厳しい。働けなくなっては意味がないので、決して大きな傷をつけたり、殺しはしない。とはいえ、しばらくは動けなくなるほど辛いものであった。

「どうぞ」

西田屋は会所から少ししか離れていない。話をしている間に着いた。

「助かった」

忘八をねぎらって、扇太郎は西田屋の暖簾を跳ねた。

「奥へ。主がお待ちしておりまする」

先触れを受けていた顔なじみの忘八が、誘った。

「忙しいところにすまぬな」

「いえいえ。遊女屋で忙しいのは、妓で。主が忙しいようでは困りまする」

待っていた西田屋甚右衛門が笑いながら、扇太郎へ上座を譲った。

「本日は妓の自害のお話でございますかな」

「さすがだな」

言う前に見抜いた西田屋甚右衛門へ扇太郎は感心した。

「吉原では一人だけでございまする」

西田屋甚右衛門が答えた。

徳川家康から公認遊郭の許しを得た庄司甚内《じんない》の直系である西田屋は、代々の当主が吉原惣名主を務めている。吉原のすべては、西田屋甚右衛門のもとへ集められた。

「一人とは少ないな」

扇太郎が知っているだけで、吉原に旗本の娘は十数人いた。

「外との繋ぎをさせませぬから」

西田屋甚右衛門が述べた。

「大門から内側は、苦界。常世《とこよ》ではございませぬ。だいたい吉原へ来るときに、俗世との縁は断ち切っているはずでございまする。吉原では、たとえ親兄弟が訪ねてきても、会わせませぬ」

きっぱりと西田屋甚右衛門が宣した。

「なるほど。では、その一人は」

「文《ふみ》を見逃してしまいまして」

西田屋甚右衛門が苦い顔をした。

「吉原の妓は、文のやりとりをよくおこないまする」

三回目の逢瀬《おうせ》をすませ馴染みとなってくれた客への礼状、しばらく来ない客への催促、吉原の行事日に着る衣装をねだるなど、吉原の遊女たちは毎日のように文をしたためた。

文を届ける専門の商売があるほど、吉原は文のやりとりが多かった。

「卍屋《まんじや》の格子《こうし》女郎でございました。なかなか人気のある妓で、客とのやりとりも多く、いつもの文だと手渡してしまったようで。その日に見世の梁《はり》に帯を結びつけて……」

「そうか」

そっと扇太郎は瞑目《めいもく》した。

「岡場所などでは、かなり多いとか」

「正確に数えたわけではないが、十人じゃきかないだろうな」

「どうしてお奉行さまが」

「じつは、こういうことがあってな」

かかわりを問うた西田屋甚右衛門へ扇太郎は語った。

「さようでございましたか。しかし、なかなか肚の据わった遊女でございますな。わたくしの見世に欲しいくらいで」

霧の話を聞いた西田屋甚右衛門が納得した。

「どう思う」

「鳥居さまのお考えはわかりませぬが、遊女の自害は巷《ちまた》の噂の格好なたねでございまする」

「相対死《あいたいじに》でなくともか」

「はい」

相対死とは心中のことである。心中というきれいな言葉にあこがれて、死を選ぶ若い男女が続いたため、幕府は心中という言葉の使用を禁じ、代わりに相対死と呼ぶように触れていた。

「噂になったところでどうなるのだ」

「町奉行の責任となりますな」

すぐに西田屋甚右衛門が告げた。

「なぜだ。岡場所の遊女が自害したことが、どうして町奉行の責任へと繋がる」

同じことを水野越前守も言っていた。老中には訊けないが、西田屋甚右衛門には問える。わからないと扇太郎は説明を求めた。

「町の噂になると、当然ご老中さま方の耳にも入りまする」

「それはわかる」

老中ともなれば、江戸の市中の噂を気にするのは当然であった。将軍、いや、幕府のお膝元である江戸の治安や風紀が乱れていては、執政衆の失点となりかねなかった。

「岡場所の妓が次々に自害する。それは、それだけの数の妓が岡場所にはいるとの証明でございまする。岡場所は違法なもの。そして岡場所を取り締まるのは、町奉行所」

噛《か》んで含めるように西田屋甚右衛門が教えた。

「町奉行が岡場所の取り締まりに手を抜いていると」

「はい。もちろん、ご老中さま方も岡場所が江戸の町には入り用だとご存じではございまする。ご存じのとおり、江戸は女が少のうございまする」

西田屋甚右衛門が述べた。

「それは越前守さまからも伺った」

江戸は男に比べて女が少なかった。これは、参勤交代で家族を国元へ残して江戸へ出てきている武家が多いことや、江戸で一旗揚げてと考え田舎から出てくる男たちが後を絶たなかったためであった。

武士はいうまでもなく、江戸で一旗揚げようと企む男たちは、気が荒い。ちょっとしたことで喧嘩や騒動になる。その男たちの余った精力を吸い取るのが女の役目である。しかし、市中の女が少ないとなれば、一人で何人もの男を相手できる妓に頼らなければならない。施政者が悪所を見逃すのは、もたらす害よりも益が多いからである。徳川家康が、庄司甚内に遊郭公認の許しを与えたのも、そこにあった。

しかし、江戸の町は家康の思う以上に成長し、吉原だけでは処理しきれなくなった。そこで岡場所が生まれた。もちろん、岡場所に御免状はない。明らかに違法なものであったが、目くじらを立てて取り締まるわけにはいかなかった。

「そうか。岡場所の妓が自害し、それが巷の話題になれば、老中方にとってつごうが悪い。ならば、その責任を江戸の町を管轄する町奉行に押しつければいいと。道理で鳥居がことを治めるように命じぬはずだ。町奉行を蹴落とすつもりか」

「おそらくでございまするが」

「鳥居らしい手だ」

口の端を扇太郎はゆがめた。

「榊さま、町奉行だけですみましょうや」

西田屋甚右衛門が姿勢を正した。

「どういうことだ」

「町奉行さまを更迭される。それは、執政衆の失点にもなりまする」

「そこまでいくまい」

話の拡がりを扇太郎は否定した。

「いいえ。これがお目付さまであるとか、代官さまとかの更迭ならば、問題にもなりませぬ。しかし、町奉行さまは、御上三奉行の一人として、政にもかかわられる重職。そのお方にご城下騒擾の責を押しつけるだけで、終わりましょうか。水野さまを始めとする今の執政衆にご不満をお持ちの方が、それで許しましょうか」

「林肥後守《はやしひごのかみ》さま、水野美濃守《みずのみののかみ》さまか」

大御所《おおごしょ》となった十一代将軍家斉の寵臣は、十二代将軍家慶《いえよし》の側近たちと犬猿の仲であった。隠居したにもかかわらず、なにかと政に口出ししてくる父家斉を疎ましく思った家慶は、その力を削ぐため、水野越前守忠邦らを使って、水野美濃守忠篤《ただあつ》たちへ圧力をかけた。

対して、家斉が将軍であったころ権を恣《ほしいまま》にした水野美濃守らからすれば、水野越前守たち執政は、己たちの立場を脅《おびや》かす敵でしかない。少しでも傷があれば、それを利用して反撃に出ようとするのは当然であった。

「二重の裏か」

扇太郎は嘆息した。

「政とは、一枚の紙ではございませぬ。おこなうほう、受けるほう、それぞれの違いがございまする。そして紙には裏表がある。二重の裏はいつものこと。場合によっては紙が折れたりして、一枚の紙が四つの面を持つのも珍しくはありませぬ」

老中や諸藩の重役、江戸の豪商などを顧客として持つ西田屋甚右衛門は、政の闇にも詳しかった。いや、詳しくなければ、吉原惣名主は務まらない。

「まさか、鳥居耀蔵と水野美濃守さまが手を組んでいると」

西田屋甚右衛門の懸念を扇太郎は理解した。

「手を組んではおられないやも知れませぬ。偶然、お互いの思惑が一致しているだけなのかも知れませぬが……」

「岡場所の遊女の自害、それがそこまで大きな話になっていくのか」

扇太郎は震えた。鳥居耀蔵だけでも命がけなのだ。まして大御所と将軍の争いに巻きこまれたら、扇太郎など塵芥《ちりあくた》のように吹き飛ばされてしまう。

「ご覚悟なさらねばなりませぬな」

「したくはないがな」

扇太郎は話を変えた。

「ところで、あれから一太郎はちょっかいを出してこないか」

「今のところは。吉原に手出しをするには、まだ力が足りないと知ったのではございませんか。どちらかといえば、吉原より他の岡場所が気になりまする」

「岡場所の心配か」

「吉原惣名主のすることではございませぬが」

西田屋甚右衛門が苦笑した。

「一太郎の金と腕があれば、岡場所のいくつかを手に入れるのは容易い……」

「すでにいくつかは手に入れておりましょう。金さえあれば、岡場所はどうにでもなりまする。妓ごと見世を買い取ってしまえばすみまするから」

「いくらくらいで買える」

「規模によっても違いましょうが、妓を十人以上抱えている中規模の見世で数百両というところでしょうか」

問われて西田屋甚右衛門が答えた。

「岡場所は儲かるのか」

「やりようでございましょう。妓を使い捨てるつもりで無理させれば、かなりの金になりましょう。休まさず、喰わさず……鬼になれば、女を売りものにする商売は儲かりまする」

酷薄な表情で西田屋甚右衛門が述べた。

「今回の騒動は、一太郎にとって追い風になるか」

「難しいところだと思いまする。妓の自害が評判となり人気の出た見世は、多少の金を積まれても売りはしますまい。いっぽうで、客の増えた見世があれば、減った見世があるわけでございますので。遊郭なんぞ客が来なければ三日で干上がりまする」

「そこへつけこむか。岡場所を手にしたとして、どういう利点がある」

ふたたび扇太郎は尋ねた。

「岡場所を出先に使えましょう。岡場所には男衆がつきもの。それも女の足抜けや、酔客の乱暴に対応できる腕の立つ男衆でございまする。それを己の本拠地品川以外に持てるのでございますよ」

「なるほど」

少し大きな岡場所ともなれば、遊女屋が十軒ほど集まっているのも珍しくはない。一軒あたり五人の男衆がいるとして、五十人にもなる。それこそ、ちょっとした縄張りの親方衆が抱える配下より多くなる。

「浅草の天満屋さんで、配下の衆は五十人ほど。少し面倒を見ている地回りのような者まで集めても七十人がいいところでございましょう。そこへ、五十人の戦力を送りこめる」

「大きいな」

「男衆だけではございませぬ。暴れると決めた前日から、客として配下を忍ばしておけば、百人を集めるのも……」

「とんでもないことだ」

扇太郎は驚愕した。

「それに岡場所は町奉行所とのつきあいが欠かせませぬ」

「目こぼしか」

「さようでございまする。岡場所はあってはならぬもの。ですが、なくては困るもの。その狭間《はざま》を維持するには、町奉行所とのかかわりが入り用でございまする。岡場所の主は、南北両奉行所の与力、同心に付け届けを欠かしませぬ。こうして繋がりを作り、手入れの話を前もって報せてもらったり、吉原から願い出た取り締まりをうやむやにしていただく。要は、町奉行所を金で黙らせる」

西田屋甚右衛門が言いきった。

「……怖いな」

「はい。怖れを知らぬ無頼ほど質《たち》の悪いものはございませぬ」

小さく西田屋甚右衛門もため息をついた。

「きみがてて」

襖《ふすま》の外から西田屋甚右衛門へ声がかかった。

「どうかしたのかい」

一礼した西田屋甚右衛門が、応答した。

「みょうな野郎がうろついていると、編み笠茶屋から会所へ報せがございました」

編み笠茶屋とは、吉原の大門前に軒《のき》を並べている休息所のことだ。吉原通いを人に見られたくない僧侶や医者、身分のある武家などが、ここで身形を変える。顔を見えないようにする編み笠を貸し出すことから、この名前が付いていた。吉原の大門外にあるので、無縁者ではなく、人別《にんべつ》も持つが、その商いから吉原惣名主の支配を受けた。

「……みょうな」

「へい。見返り柳のあたりで、じっとこちらを窺っておるとかで」

西田屋の忘八が言った。

「いつからかわかっているのかい」

「編み笠茶屋の話では、気づいてからもう一刻《いっとき》（約二時間）になるそうでございまする」

「一刻かい」

少し考えた西田屋甚右衛門が、扇太郎へ顔を向けた。

「榊さまは、今日どこの道を通って吉原へお見えになられました」

「浅草田圃を抜けてきた」

問われて扇太郎は告げた。

「となれば、榊さまを尾《つ》けてきたとは考えにくうございまするね」

「見返り柳からなら、吉原の大門は」

首を振った西田屋甚右衛門へ扇太郎は訊いた。

「まっすぐなかは見えませぬが、位置によっては客の出入りを確認できまする。といっても五十間《けん》（約九十メートル）ほど離れておりまするので、少し身形を変えただけで、誰かなどわかりますまい」

「一太郎の手下か」

「こんな目立つまねをするような馬鹿を送り出してくるようならば、一太郎の相手も楽なのでございまするが……」

西田屋甚右衛門が苦い口調で言った。

「よし」

扇太郎は立ちあがった。

「誰か一人、拙者の後を尾けてくれ」

「いけませぬ。榊さま」

囮になろうという扇太郎を西田屋甚右衛門が止めた。

「拙者にかかわりなければ、無視するだろう。もし、後を尾けてくるようならば、吉原ではなく拙者に用があるとなる。その場合は、降りかかる火の粉だからな、払わねばならぬ」

「ではございましょうが」

「待つのは苦手なのだ。それにこのあたりは一太郎の縄張りじゃない。もし、一太郎の手の者で、拙者を狙っていたとしても、さしたる勢力を出してはこられまい」

品川での経験が扇太郎をある意味で大胆にしていた。

「地の利はこちらにある。西田屋、そうであろう」

「強情なお方とは存じておりましたが……わかりましてございまする。その代わり、手配をすますまで、少しだけお待ちを」

あきらめた西田屋甚右衛門が、扇太郎を押さえ、忘八へ命じた。

「幻八《げんはち》を呼んでおいで」

「へい」

忘八が小走りに駆けていった。

「なにか」

吉原随一の歴史を誇っているが、西田屋の規模は小さい。待つほどもなく幻八が顔を出した。

「命を捨てておくれでないか」

「へい」

間髪を入れず、幻八が首肯した。

「…………」

吉原忘八の剽悍《ひょうかん》さを身に染みて経験している扇太郎も、驚愕のあまり言葉が出なかった。

「今から榊さまが、大門を出られて五十間道を進まれる。編み笠茶屋から見返り柳あたりで、みょうな男が大門を見張っているとの報せがあってね。それが榊さまにかかわることならば、後を尾けておくれ。でなければ男を見張って、どうするかを確認しなさい」

「承知」

引き受けた幻八が西田屋の名前が入った印《しるし》半纏を脱いだ。

「おい、いいのか」

扇太郎はさらに驚いた。

吉原は無縁の苦界であった。大門の外でどのような罪を犯そうとも、ひとたびなかへ入ってしまえば、町奉行などの手はおよばなかった。もちろん、ただの凶状持ちなどは、町奉行所から連絡を受けた吉原会所によって叩き出されるが、一度吉原の住人として世俗の縁を切れば、見逃された。

もっともそれは吉原のなかにいればこそであり、外へ出れば、捕まる。その例外が、吉原の住人であることを示す印半纏であった。

妓を揚げた代金を払えない客について取り立てなどに出向いたり、買いものや使いなどで大門外へ忘八が出なければならないとき、印半纏を身に着けている限り、町奉行所は手出ししなかった。

その印半纏を幻八は脱いだ。

「印半纏を着けていては、相手に気取られましょう」

あっさりと西田屋甚右衛門が言ってのけた。

「よいのか、この者は……」

「幻八、おまえはなにをやって吉原へ来たんだい」

扇太郎の代わりに西田屋甚右衛門が訊いた。

「喧嘩で三人刺しましてございまする」

隠すこともないと幻八が答えた。

「大門を出れば……」

「見つかればまちがいなく捕まりましょうなあ。ですが、吉原のためならば、命を捨てられるのが忘八なのでございますよ。命を吉原のために捧げる覚悟があればこそ、わたくしどもは庇護を与えておりまする」

淡々と西田屋甚右衛門が述べた。

「では、参りましょうか。榊さま」

感情を見せず、幻八が促した。

「西田屋」

「ご心配にはおよびませぬ。これは吉原のためにすること。榊さま一人にかかわるものならば、幻八は吉原へ戻りまする」

心配する扇太郎へ、西田屋甚右衛門が宣した。

「わかった」

扇太郎は、うなずくしかなかった。

第四章　父の魔手

一

「少し離れて行きやすんで、榊さまは、あっしのことをいないものだと思ってくださいやし」

幻八に見送られて、扇太郎は吉原の大門を出た。

大門を出ると正面に五十間道が続く。くの字のように途中で角度を変えた道は、日光へ出かけられる将軍家の目に、吉原という不浄が入らぬようにとの心遣いであった。

その五十間道の左右に編み笠茶屋が並んでいた。どこも足首近くまである長い暖簾を用いて、店のなかにいる人の顔を外から覗き見られないよう遮っていた。

扇太郎は幻八を気にしないで進んだ。最初敵対からかかわりのできた吉原である。忘八衆と戦いもした。扇太郎は命を惜しまない忘八の怖さと頼りがいをよく理解していた。世間に身の置きどころを失った者たちにとって、吉原は最後の居場所なのだ。吉原を失えば、己たちも終わる。

大門の内に住む者は、吉原のためなら誰でも命を張ることができた。

「あいつか」

曲がりを過ぎたあたりで、扇太郎は見返り柳の下に人影を見つけた。扇太郎は何気ない風を装いながら、男の前を過ぎた。

正面を過ぎるところで、ちらと扇太郎へ目をやった男だったが、すぐに興味を失って目を戻した。

「違うか」

少し離れてついて来ないかどうかを確認した扇太郎は、男がまったくこちらを気にしていないと理解した。

「しかし、みょうではある」

人待ち顔ではなかった。誰かと待ち合わせするならば、編み笠茶屋に入っていればすむ。いや、見張るならそちらが正解である。長い暖簾を使って外からの目をふさいでいるが、内からは意外と見える。見返り柳は、吉原への行き帰りの目安となるほど目立つところだ。そんなところで一刻以上も立っていれば、不審を呼ぶ。

「榊さま」

幻八が追いついてきた。

「どうやら違ったようで。どうもお手間をおかけいたしました。どうぞ、お帰りになってくださいませ」

腰を折って幻八が言った。

「他に気配を感じなかったか」

「あいにく」

確認する扇太郎へ、幻八が首を振った。

「拙者ではなかったようだが、どうもひっかかる。単なる人待ちとは思えぬ」

「…………」

無言で幻八が同意した。

「少し揺さぶってみるか」

「な、なにをなさるおつもりで」

幻八が驚いた。

「榊さまには、なにもなければこのままお帰りいただけと、きみがててより……」

止めようとする幻八を扇太郎は無視して、踵《きびす》を返した。

「……榊さま」

「少し離れて見ていてくれ。あいつが逃げるようならば、後をな」

さっさと指示をして扇太郎は見返り柳へと戻った。

「なにを待っておるのだ」

扇太郎は男に声をかけた。

「おめえは」

「吉原帰りの御家人だが、見返り柳に無粋な男が立っていたので気になってな」

誰何《すいか》してきた男へ、扇太郎は答えた。

「ほうっておいてもらいましょう」

口調を少していねいにして男が拒絶した。

「そうもいくまい。この見返り柳は、吉原でいっときの逢瀬を楽しんだ男が、帰路の途中で妓を思い出して振り返り別れを惜しむ場所。ここを過ぎれば、吉原の姿は見えなくなる。なればこそ、吉原はここの柳が枯れるたび、新しい木を植えて大切に残してきた。たおやかな女を思い出そうかというところに、むくつけき男がいては興が削がれる」

扇太郎は食い下がった。

「どうでもよいことでございましょう」

男が吐き捨てた。

「先ほどから何人もの男が、残念そうに柳を見て過ぎているのに気づいていないのか」

「そんなもの、あっしにはかかわりございません」

「おまえがそこに立っているのがじゃまになっているんだ。人待ちをするなら、別のところへいけ。見ているとどうやら大門を出入りする者を気にしておるようだな。ちと会所へ届け出てくるとしようか」

わざと扇太郎は歩き始めた。

「ちっ」

舌打ちして男が扇太郎を睨みつけた。

「…………」

無言で扇太郎は、男を見続けた。

「…………」

ようやく男が、歩き出した。

「あとを頼んだ」

「無茶を……後はおまかせを。吉原《さと》にちょっかいを出す奴らは、許しちゃおけません。では、ごめんを」

うなずいて、見返り柳を過ぎ、日本堤《にほんづつみ》を下流へと歩き出した男の後を幻八が追った。

「殺気を放てるほどの腕ではない。拙者の顔を知らなかった。それでいて吉原を見張っている。一太郎以外に吉原を狙う者がいる。それだけ吉原の価値は高いのか。身を売らねば生きていけぬ女たちを奪い合う。吉原にしても岡場所にしても、人の欲というのはどこまで罪深いものよ」

見返り柳から、明々《あかあか》と灯《とも》る吉原の偉容を振り向いて、扇太郎は嘆息した。

「物欲でさえ、人を殺す。ならば、権はどれほどすさまじい奪い合いをするのか。代を譲ったはずの大御所さまが、未だ権にしがみつくなど……親は子へすべてを譲り、身を退いていく者であろうに。でありながら、大御所さまと上様、親子でありながら争われている。そこに我ら御家人や、民の姿はない。いつの世も流されるのは、我らか」

扇太郎は背筋を震わせた。


武家の門限は暮れ六つ（午後六時ごろ）と決まっていた。もっとも役に就いていて仕事が伸びたり、他家へ使いに出たりして遅くなることはままある。ただ、基本として六つを過ぎると出歩かないのが、武家の慣例であった。

「夜分に呼び出してすまぬな」

鳥居耀蔵が傲岸な態度で形だけの詫びを口にした。

「いえ」

旗本にとって鬼より怖い目付から呼び出された屋島伝蔵は、萎縮していた。

「屋島に子供は何人おる」

監察を旨とする目付は、執政衆以外、大名であろうとも呼び捨てにした。もっとも名字ではなく官名ではあったが、敬称をつけることはしなかった。

「わたくしでございまするか。跡取りの息子一人だけで」

質問の意図を汲《く》みかねた屋島伝蔵が、首をかしげながら答えた。

「まことか」

「……は、はい」

念を押された屋島伝蔵が震えた。

「少し話を変えよう」

鳥居耀蔵が屋島伝蔵から目を離した。

「最近、何軒かの旗本が改易になったのは存じておろう」

「…………」

あからさまに屋島伝蔵が反応した。

「その理由は教えることではない。しかし、旗本の改易などあってはならぬことなのだ。旗本はすべて上様のためにある。その旗本が罪を犯すなど論外だとは思わぬか」

「お、おおせのとおりで」

震えながら屋島伝蔵がうなずいた。

「そこでご執政衆は、旗本の改易を減らすため、一つの取り決めを近々なされるつもりでな」

「取り決め……」

屋島伝蔵が息を呑んだ。

「うむ。旗本と町人の間で養子縁組を許可せぬとのお定めだ」

「養子縁組を許さぬと」

「そうじゃ。そうすれば、旗本としての身分を持参金つきで町家から迎えた養子に継がせたり、娘を養女として遊女屋へ出したりしなくなるであろう」

じろりと鳥居耀蔵が屋島伝蔵を見た。

「それでは、借金で潰れる旗本が……」

「潰れればいい」

あっさりと鳥居耀蔵が宣した。

「御上から与えられている禄だけで生きていけぬのなら、返上すればいい」

「それはあまりな」

屋島伝蔵が情けない声を出した。

「考えてもみよ。御上からいただいておる禄はなんだ。先祖代々の功績に対して与えられたものであろう。すなわち、禄に見合うだけの功績しか挙げてこなかったという証明でもある」

「…………」

鳥居耀蔵の言いぶんに屋島伝蔵が黙った。

「百八十石は百八十石だけの功。言い換えればさしたるものではないのだ。それでいて、天下の旗本であると矜持《きょうじ》だけを高くするから、身に合った生活をせぬようになる。それでは金が足らなくて当然だ。金がないならば、贅沢を戒めればいい。食事は一日二回にし、一汁一菜、魚など喰わずとも人は死なぬ。衣服もそうじゃ。新しく作るなど無駄でしかない。つぎはぎを当て、一枚を何年でも使う。見得など張るからよくないのだ。庶民を見ろ。日に二百文の人足でも食べていっておるではないか」

「人足に比されるなど、いかにお目付さまでも……ひっ」

じろりと睨まれて、屋島伝蔵が悲鳴を漏らした。

「まだ人足のほうがましであろう。あやつらは、一日の糧を得るために汗を流して働いておるのだからな。先祖の禄を当然のものとして、ただ遊んでいるだけの旗本よりな」

「…………」

屋島伝蔵は言い返せなかった。

「さて、本題に入ろうかの」

鳥居耀蔵が目の力を弱めた。

「ふう」

圧迫が減って、屋島伝蔵が息をついた。

「もう一度訊く。そなたには何人の子供がおるのだ」

「ひ、一人。息子だけでございまする」

屋島伝蔵が繰り返した。

「そうか。それならばよい。目付部屋ではなく、私邸へ呼んだことを汲んでくればよいと思ったのだが……」

残念そうに鳥居耀蔵が嘆息した。

「音羽桜木町の尾張屋が闕所となったことで、なにもかもうやむやになったと考えておるなら、甘いとしか言えぬな。遊女屋の闕所では、遊女も財物扱いとなることを存じておったか。ほう、その顔なら知っておったようだな。ならば、その遊女たちがどうなるかもわかっておろう。そう、法に基づいておらぬ遊郭の遊女たちは、吉原へ払い下げられ、人別《にんべつ》を消されたうえ、終生奉公とされる」

「……………」

鳥居耀蔵の話を、黙って屋島伝蔵が聞いた。

「ところが、それは岡場所と呼ばれる違法な遊郭が、町奉行所の手入れを受けたときの話でな。闕所の場合は、競売で高値を付けた者のものとなるのだ」

「えっ」

屋島伝蔵が驚愕した。

「そして、尾張屋の看板遊女であった朱鷺は、浅草の顔役天満屋孝吉に落札された」

「馬鹿な……」

「どうした。尾張屋の遊女などかかわりあるまい」

皮肉げな笑いを鳥居耀蔵が浮かべた。

「さて、用件はもう終わった。帰ってよいぞ」

鳥居耀蔵が犬を追うように手を振った。

「町人との養子縁組停止《ちょうじ》のお定めが出れば、過去のものも調べることになろう」

「さかのぼると仰せか」

「当然であろう」

聞き返した屋島伝蔵へ鳥居耀蔵が告げた。

「前例を調べておかねばな。もちろん、お定めができる前のことで咎められはせぬ。ただ、明らかにはされよう」

「家名が出る……」

「娘を岡場所なぞへ養女に出していたとわかれば、未来永劫《えいごう》役付になるのは無理だな」

鳥居耀蔵が笑った。

「……鳥居さま」

「儂はなにも言わぬ。己で考えて動くことだな。娘という証拠がなければ、いくらでも言いわけはできよう」

「はい」

よろよろと屋島伝蔵が立ちあがった。

「ああ。一つ教えておこう。本日、評定所において、旗本二百十石多島昨蔵の改易が決まった。表向きは品川の紀州屋から借りた金の返済ができず、評定所へ訴えられたためであるが、たった一人の町人が訴えたていどで、これほど早く改易となることはない。娘が深川の遊女屋相模で身をひさいでおると確認されたからじゃ。本人という生き証人がいては言いわけのしようもないな」

「……………」

屋島伝蔵の顔面が蒼白になった。

娘を売った旗本に、名誉の切腹は許されない。富岡八幡宮前の岡場所、相模屋の遊女霧の父多島昨蔵は士籍剝奪のうえ、放逐と決まった。

「そうか。嫌なことをしやがる」

大目付からの報せを受けた扇太郎は、頰をゆがめた。

「天満屋を呼び出してくれ。代理でいいと付け加えるのを忘れるな」

扇太郎は手代の一人を使いに出した。

「お疲れでございますか」

居間でだらしなく座っていた扇太郎のもとへ、天満屋孝吉本人が現れた。

「気分が乗らぬ」

「はい」

霧の事情は天満屋孝吉も知っていた。

「あのとき助けたのがまちがっていたとは思わぬ。だが、もう少しやりようはあったはずだ」

扇太郎は後悔を口にした。

「参りましょう」

下手な慰めを口にせず、天満屋孝吉が促した。

「ああ」

扇太郎は首肯した。

屋敷を出たところで扇太郎は、天満屋孝吉が平然としているのに気づいた。

「出歩いていいのか」

「薬研堀の件ならば、片付きましたので」

「ほう。どう片を付けたのだ」

先を扇太郎は求めた。

「簡単なことで。薬研堀あたりの縄張りを七夕の一蔵から、若いのに譲らせただけでございまする」

淡々と天満屋孝吉が告げた。

「無理矢理隠居させたか」

「わたくしのところでも同じでございまするが、香具師も上を狙う者が多うございましてな」

天満屋孝吉は、薬研堀の香具師内をもめさせたと述べた。

「ふん。まあ、なんにせよ、七夕の一蔵に人望がなかったわけだ。でなければ、今ごろ若いのが返り討ちになっているだろう」

扇太郎は鼻先で笑った。

「そういうことになりますねえ。わたくしが後ろ盾になると申し出たら、あっさりと話は終わりました」

「七夕の一蔵は生きているんだな」

「今のところはでございまするがね。もっとも両手を叩き折られて、一人じゃなにもできないありさまだそうですが」

感情のない声で天満屋孝吉が語った。

二

多島昨蔵の屋敷は、御米蔵《おこめぐら》の背中、南本所石原町《みなみほんじょいしわら》にあった。

「ここでございましょう」

天満屋孝吉が指さした。

小旗本の屋敷が並ぶ南本所でも、さすがに門へ青竹の封印をされているところはない。

表札がなくてもすぐにわかった。

「闕所物奉行、榊扇太郎でござる」

門前で見張りをしている小人目付へ、扇太郎は名乗った。

「小人目付相良三之助《さがらさんのすけ》でござる」

応じた小人目付の顔を扇太郎は知らなかった。

「半年前に小人目付を拝したばかりでござる」

相良が付け加えた。

「さようでござったか。拙者のことは……」

「存じあげております」

確認する扇太郎へ、相良が首を縦に振った。

「では、なかを見せていただく。多島の身内は」

「昨日、そろって親族の屋敷へ引き移りましてござる」

相良が答えた。

「そうか。では、見せてもらおう」

扇太郎は天満屋孝吉を促して、潜り門を通過した。

「いろいろ残っておるな」

不意の改易である。罪を得ての場合、屋敷を明け渡すまでの余裕は与えられない。屋敷のなかは、家財道具などが散乱していた。

「闕所でございますからな。許されるのは、身のまわりのものを少し持ち出すことだけ」

病人の夜具まで剝《は》ぎとると思われている闕所であるが、そこまで非道ではなかった。当座の生活する金と着替え一式の持ち出しは見逃されていた。

「どうだ」

見て回っている天満屋孝吉へ、扇太郎は声をかけた。

「ご覧のとおり襖はぼろぼろ、障子には穴が開いておりまする。残されている家具も碌なものがございませぬなあ」

天満屋孝吉が首を振った。

「庭石とかはどうだ」

「手入れさえまともにされていない庭の造作が売りものになりますか。おや、あれは……」

庭を見た天満屋孝吉が、声をあげた。

「なんだ」

「あそこでございますよ。なにか小さな小屋が」

扇太郎も天満屋孝吉の指さした先を見た。

「行ってみよう」

二人は庭へ降りた。

「これは兎小屋」

天満屋孝吉が驚愕した。

「兎……」

後ろから覗いた扇太郎の目に、十羽をこえる兎が映った。

「なるほど。多島さまは、兎の交配をなされていたのでございますか」

「なんだそれは」

納得する天満屋孝吉に、扇太郎は訊いた。

「いろいろな模様のある兎を掛け合わせて、変わった柄《がら》の子を生み出す商売でございますよ」

「そんなものがあるのか」

扇太郎は驚いた。

「かってほどの流行はないようでございますが、今でも好事家《こうずか》の間では変わった模様の兎は高価で取引されていると聞きまする。千両の値が付くこともあるとか」

「……千両……兎がか」

一両あれば、庶民四人が一カ月生活できるのだ。兎一羽で、八十年以上生きていける計算になる。扇太郎はあきれた。

「まあ、そのようなものは、よほど珍しいもの。滅多に値の付くような兎はできませんでしょうが……困りましたな」

説明しながら天満屋孝吉が腕を組んだ。

「なにに困ったのだ」

「さすがにわたくしも兎の値段まではわかりかねまする」

天満屋孝吉が苦笑した。

「仁吉」

「へい」

今日も仁吉が供に付いていた。

「浅草寺門前町の左手に、鳥屋があったな」

「赤城屋さんでございますね」

仁吉が答えた。

「ちと呼んできておくれではないか。兎の値踏みをして欲しいと」

「承知いたしましてございまする」

引き受けた仁吉が駆けていった。

「鳥屋で兎か」

扇太郎は疑問を呈した。

「さすがに兎だけを扱っておる店というのはございませぬ。兎も一羽二羽と数えますので、鳥屋ならわかるかと。まあ、苦肉の策という奴でございますな」

笑いながら天満屋孝吉が述べた。

一通り屋敷のなかを見た天満屋孝吉が、縁側へ座ろうと扇太郎を誘った。

「多島さまの借金は兎代でございましょう」

「兎代とはなんだ」

「詳しくは存じませぬが、兎の交配などをしておる方々の間で、月に一度か二度市《いち》が立つとか。その市で珍しい模様の兎を買っては、家で掛け合わせ、新しい柄の兎を作り出すのが、交配。当然、珍しい兎は高うございまする。ですが、高くとも変わった親でなければ、珍しい子兎を産んでくれませぬ」

天満屋孝吉が述べた。

「どのような兎が産まれるかなど、わからぬであろう」

「だからこそ、夢中になるのでございましょう。当たれば一攫《いっかく》千金でございますから」

「旗本のすることとは思えぬな」

扇太郎はあきれた。

「いえいえ。お旗本だからこそできるのでございますよ。役に就いていなければ、毎日世話できますから。兎とはけっこう面倒なものだと聞きまする。水を替えたり、餌を工夫したり、よほど凝り性でないと続かない」

「そのために娘を売るなど本末転倒ではないか」

「人は金のためならば、鬼になれまするゆえ」

あっさりと天満屋孝吉が断じた。

「兎より畜生だな」

大きく扇太郎は息をついた。

「お待たせをいたしましてございまする」

しばらくして仁吉が中年の商人を伴って帰ってきた。

「赤城屋さん、悪いね」

「いえいえ。親方の用事ならば、喜んで」

詫びられた赤城屋が、ほほえんだ。

「これなんだが、見てもらえるかい」

「ちょいと拝見」

前を譲られた赤城屋が小屋を見下ろした。

「……………」

手を伸ばして赤城屋が兎を持ちあげ、お腹を見たり、足を調べたりした。

「終わりましてございまする」

小半刻（約三十分）ほどで赤城屋が振り向いた。

「どうだい」

「全部合わせても二十両というところでございましょうか」

「そんなものか」

難しい顔で報告する赤城屋へ、天満屋孝吉はさほどがっかりした様子も見せず、納得した。

「まあ唯一の望みは、二羽孕《はら》んでおりますので、その産まれた子でひょっとすると」

「親兎の質はどうなんだい」

「良くも悪くもなしというところでしょうか。何羽かちょっと目に付く斑模様《まだら》がおりますので、少し前にはかなりいい兎を手に入れていたのではないかと思いまするが……」

赤城屋が口ごもった。

「…………」

無言で天満屋孝吉が先を促した。

「御上から倹約の命が出まして、兎の売り買い自体も自粛となっておりまして……兎の値段が付かなくなったのでございますよ」

「たしかに、兎なんぞなくとも生きていけるわな」

大きく天満屋孝吉が同意した。

「もちろん、今でも他人目に付かないところで売り買いはなされておりますが……」

ちらと赤城屋が扇太郎を見た。

「ああ。このお方は大丈夫だよ。世間のお役人さまとはずいぶん違うからね」

みょうな保証を天満屋孝吉がした。

「売れないわけではないというわけだね」

「はい。市は品川で立つとの噂で」

赤城屋が述べた。

「品川……」

扇太郎は大声をあげた。

「な、なにか」

大きく赤城屋が身を震わせた。

「なんでもないよ。ご苦労だったね。お礼は後ほどさせてもらうよ」

天満屋孝吉が赤城屋をなだめて帰した。

「一太郎絡みだったか」

「関係がないとは言えませぬな」

二人が顔を見合わせた。

「ますますきなくさい臭いがしてきた」

「吉原を狙って失敗したからと、引っ込みはしないと思っておりましたが……」

ため息を天満屋孝吉が漏らした。

「今は闕所をすませましょう。全部で二十五両。いかがでございましょう」

「それでいい」

旗本の闕所では、まったく儲けにならないほうが多いのだ。少しでも金になれば、なによりだった。

「では、明日にでもお持ちいたしまする」

「頼んだ」

南本所で扇太郎は天満屋孝吉と別れた。

七夕の一蔵を片付けたが、それは品川の一太郎にかかわりはない。天満屋孝吉は、出歩くのに十分な供を連れていた。

「おい」

見積もりを取った後、店へ帰ろうとした天満屋孝吉がみょうな侍に気づいた。

「あいつは……」

表稼業である古着屋の店先を、じっと見つめている壮年の侍がいた。

「へい」

仁吉が、若いのを連れて離れて行った。

左右から侍を挟み撃ちにした仁吉が、天満屋孝吉へ合図を送ってきた。

「なんだ、無礼な」

左右の手を押さえられた侍が、大声でわめいた。

「静かになさったほうがよろしいのではございませんか。人が見ておりまするよ」

天満屋孝吉が言った。

「きさま……」

「わたくしに御用で。ああ。名乗りが遅れました。天満屋孝吉でございまする」

「そ、そなたが……」

侍が息を呑んだ。

「まちがいなかったようでございますな。こんなところで立ち話もございますまい。どうぞ、店へ。おい」

ていねいな口調で侍へ述べたあと、天満屋孝吉が仁吉たちへ、顎《あご》をあげた。

「離せ」

暴れようとする侍を仁吉と若い男は難なく押さえこんだ。

「さて、お名前をお伺いしましょうか」

古着屋ではなく、勝手口から店に入った天満屋孝吉が問うた。

「旗本にこのようなまねをして無事ですむと思っておるのか」

侍が怒鳴った。

「無事ですむかどうかを気にするのは、わたくしではなく、あなたさまだと思いまするが」

　酷薄な笑みを天満屋孝吉が浮かべた。

「この浅草はわたくしの縄張り。お旗本の一人や二人、どうとでもできまする」

「……うっ」

　腰の引けた侍が唸《うな》った。

「お名前は」

「や、屋島伝蔵じゃ」

「屋島……聞いたことのある名前でございますな。……ひょっとすると朱鷺さまの」

　天満屋孝吉が思い出した。

「朱鷺とは伊津のことじゃな。どこへやった伊津を」

「みょうなことをおっしゃる。わたくしが存じておるのは、音羽桜木町の遊女屋尾張屋で看板を張っていた遊女朱鷺さまのこと。伊津さまなんぞ知りませんな」

　冷たく天満屋孝吉が否定した。

「伊津が朱鷺になったのじゃ。伊津は吾が娘である。居場所を知っておるであろう」

　屋島伝蔵が迫った。

「お旗本の娘御が、岡場所の遊女とは、また奇天烈《きてれつ》なことを言われる。そのようなことがあろうはずもございますまい」

「うっ……」

言われた屋島伝蔵が詰まった。

「で、では、朱鷺の居場所を……」

「お教えする理由がございませんな」

天満屋孝吉が拒否した。

「おい、お帰りだ」

用件はすんだと天満屋孝吉が手を振った。

「へい」

ふたたび仁吉が屋島伝蔵の腕を押さえた。

「やめよ。下賤《げせん》の身で旗本の身体に触れるなど……」

「放り出せ」

「承知しやした。おい」

命を受けた仁吉が、若い配下へ声をかけ、屋島伝蔵を引っ張っていった。

「伊津はどこに……」

屋島伝蔵の声が遠くなった。

「おもしろいね」

一人になった天満屋孝吉が独りごちた。

「この時期になって、朱鷺の父親が登場かい。あまりにも偶然すぎるねえ。尾張屋が潰れた後の朱鷺の行き先を知っているのは誰がいたっけ。吉原の三浦屋《みうら》、西田屋、榊さま、そして……榊さまを配下にしている鳥居さま」

天満屋孝吉の目が光った。

「足枷《あしかせ》を嵌《は》めるつもりか。いや。榊さまの手をふさぐ気だな。朱鷺が榊さまの弱みには違いない。そこを突いて、榊さまの動きを封じるか。主を替えた犬に狩りをさせないことで、役立たずとしたいと」

ふっと天満屋孝吉が鼻先で笑った。

「どうするかねえ」

天満屋孝吉が思案した。

「そろそろ二人の間に結末を付けてもらってもいいか。わたくしとしても二人の仲が深くなればなるほどつごうはいい。といったところで鳥居を怒らせて、闕所物奉行を外されてはうまみがないし」

「親方、つまみ出してきやした」

仁吉が帰ってきた。

「ご苦労だったね」

配下をねぎらった天満屋孝吉が、呟いた。

「どうせ、闕所物奉行としておられたところで、あと一、二年。その間に大きく稼がせてもらわないといけない」

独りごちた天満屋孝吉が、顔をあげた。

「……そうだ。仁吉」

「なにか」

「さきほどの旗本へね。朱鷺は闕所物奉行榊扇太郎さまのお屋敷にいると教えておいで。おまえが行くんじゃないよ。顔の知られていない奴を使ってね」

「よろしいので」

聞いた仁吉が驚いた。

「いいんだよ。言われたとおりにしなさい」

「へい。では、手配を」

急いで仁吉が走っていった。

「朱鷺の金百両。そのぶんのもとは取ったけどねえ。それで納得するようじゃ、とても闕所の競売なんぞやってられません。それこそ、娘の晴れ着でさえ取りあげて売り払うほどの覚悟がなければね。闕所物奉行から外されても、つきあいさえ切らなければ、あの榊さまだ。なにかしらの儲けには繋がろう。なにもなければ腕を頼ってもいい。いまどき、あれだけ遣える侍もいないからねえ。さて、朱鷺の父親、このさいころの目がどう出るか。吉と出るか凶となるか。どっちにしろ、損はしないな」

天満屋孝吉が独りごちた。

三

五分の割り前を抜いた多島家の闕所代金、二十三両三分を懐に、扇太郎は出かける用意をした。紋入りの裃と袴《はかま》を身につける。

「勘定方へ届けてくる」

「この書付もお願いいたしまする」

大潟から闕所の決算書きを預かった扇太郎は、屋敷を出た。

闕所によって取りあげた財産は、すべて競売にかけられる。その代金は、闕所物奉行によって回収され、下勘定所へ運ばれた。

「少ないの」

決算書きと現金を見た勘定衆が不満げな顔をした。

「旗本に金がないのは、誰よりもご存じでございましょう」

「確かにな」

納得した勘定衆が、受け取りに署名を入れた。

「これにて多島昨蔵改易に伴う闕所いっさいを終えましてございまする」

「うむ。以後の処理はすべて勘定所にておこなう」

扇太郎と勘定衆が宣した。

「ご苦労であった」

幕府の役人でもっとも忙しい勘定衆である。儀式を終えるなり、雑談の一つもなく去っていった。

「ごめんを」

挨拶をする相手を失った扇太郎は、喧噪で聞こえないことを承知で退出を告げ、下勘定所を後にした。

幕府の下勘定所は、大手門を入ったところにある。

「帰りになにか土産《みやげ》でも求めて帰るか」

扇太郎は朱鷺の喜ぶものはなにかと考えて、江戸の町へと足を向けた。

いつものように屋敷の門前の掃除をしようとした朱鷺へ声がかけられた。

「伊津」

「…………」

振り向いた朱鷺が絶句した。父の屋島伝蔵が、少し離れたところに立っていた。

「こんなところにいたのか。尾張屋が潰れたとき、なぜ帰ってこなかった」

屋島伝蔵が厳しい声で問うた。

「帰ったら、また売られていた」

「そ、そんなことはない」

娘から浴びせられた氷のような返答に、屋島伝蔵が慌てて否定した。

「なにより、わたしは尾張屋の養女。帰る家などない」

「なにを言うか。おまえは、儂の娘に違いない」

「売っておいてよく言える」

朱鷺が鼻先で笑った。

「おまえを売ったのではない。養女に出しただけだ。その養家が潰れた。となれば、実家が引き取るのは当たり前だ」

屋島伝蔵が強弁した。

「ならば、尾張屋が潰れたときに迎えに来なかったのは、なぜ」

「それは……知らなかったからだ」

「あれだけ評判になったのに」

あきれた声で朱鷺が言った。

朱鷺の属していた遊女屋尾張屋は、徳川御三家である水戸家の支藩守山藩《もりやま》ともめ事を起こし、潰された。

発端は遊びに来ていた守山藩士へ尾張屋の男衆が乱暴を加えたことだ。同僚へ大怪我を負わされ怒った守山藩江戸藩士たちが、大挙して尾張屋へ押し寄せ、見世を打ち壊した。徳川一門大名を罰するわけにはいかなかった幕府は、尾張屋に罪を押しつけ、江戸所払いのうえ闕所を申しつけた。鉄炮まで持ち出した大騒動であり、瓦版が何枚も出されたほどであった。

「……世俗など気にしておらぬゆえ、気づかなかったのだ」

小さな声で屋島伝蔵が言いわけをした。

「娘を売ってまで金を工面し、役付になろうとしたというのに、世俗に興味がない。つごうのよいこと」

　嘲笑を朱鷺が浮かべた。

「父に対して、なんという口の利きかただ」

「……父。娘を道具としか見ていないくせに」

　怒る屋島伝蔵へ、朱鷺が言い返した。

「なんでもいい。付いて来い」

「わたくしは、榊家の女中。あなたに付いていく謂《いわ》れはない」

　朱鷺が拒否した。

「なにを言うか。黙って従え」

「男など知りもしなかった身を遊女屋へ売られていったときのようにしろと」

　静かに朱鷺が言った。

「な、なんだ」

　朱鷺の迫力に屋島伝蔵がたじろいだ。

「わたしを連れて行くのならば、残っている借財を払っていただくことになりまする」

「い、いくらだ」

「百両」

　天満屋孝吉が朱鷺のために支払った代金であった。

「ば、馬鹿を言うな。そなたは最初五十両で……」

　そこまで口にして屋島伝蔵が黙った。

「人身売買を認めた」

　朱鷺が暗い笑いを見せた。

「屋島家が潰れる。よいか、そなたがおれば屋島家が危ないのだ。神君家康さま以来の屋島家が改易となっては、先祖に顔向けができぬ」

「やはり。家に帰って来いではなかった」

「…………」

「ここ最近、岡場所に売られた旗本の娘たちが自害している。そして死ななかった家は潰されている。屋島にも手が伸びた。だから、わたしのところへ来た。どこかへ連れ出して自害を強いるつもりで」

　黙った屋島伝蔵へ、朱鷺が突きつけた。

「屋島家のためだ。伊津、死んでくれ」

「わたしは朱鷺。伊津ではない」

　屋島伝蔵の願いを、朱鷺が一蹴《いっしゅう》した。

「そんな話が目付に通じるものか」

「目付……」

朱鷺が聞き返した。

「そうだ。目付から、非公式に話があった。屋島家に娘はおらぬかと」

「……そう」

「頼む。儂を。いや、母を、弟を助けると思って……」

「娘を姉を地獄に売り払ったおかげで旗本として生きている。そんな者のために、今度は本当の地獄へ行けと」

あきれた朱鷺が踵を返し、屋敷の門内へと入った。

「待て……」

手を伸ばして屋島伝蔵が朱鷺の肩を摑《つか》んだ。

「無礼な。ここは闕所物奉行榊扇太郎の屋敷でございまする」

大声で朱鷺が叫んだ。

「黙れ」

屋島伝蔵が朱鷺の口を押さえようとした。

「なにごとでござる」

玄関を入ったすぐの座敷にいた手代たちが出てきた。

「何奴か」

大潟が屋島伝蔵を誰何した。

「むう」

屋島伝蔵が手を離した。

「ここは、闕所物奉行所である。狼藉《ろうぜき》するとなれば、ただではおかぬぞ」

両刀を差すことの許されていない手代であるが、人数は多い。五人に迫られて、屋島伝蔵がひるんだ。

「いたしかたない」

あきらめた屋島伝蔵が背を向けた。

門を出たところで、屋島伝蔵が足を止めた。

「了見してくれい。そなたには汚れたとはいえ、武家の血が流れておる。身の処しどころはわかるはずだ」

それだけ言って屋島伝蔵が去った。

「朱鷺さま、ご大事ございませんか」

「ありがとう。大丈夫」

気遣ってくれる手代へ一礼して、朱鷺が奥へと消えた。

戻ってきた扇太郎は、まず大潟から話を聞かされた。

「そのようなことがあったのか」

「はい。朱鷺さまとお知り合いのようでございましたが……」

大潟が語った。

「いや、助かった。皆にも感謝していると伝えておいてくれ。あと、今日はもういい。片付けだけすませて帰ってくれればいい」

礼を述べて扇太郎は、奥へと向かった。

「…………」

居室に朱鷺が座っていた。

「大事ないか」

「…………」

心配する扇太郎へ、朱鷺が無言で首肯した。

「父親だな」

ふたたび朱鷺がうなずいた。

「目付から話が来たらしい」

ようやく朱鷺が口を開いた。

「……鳥居め」

すぐに扇太郎は裏を悟った。

「汚れたと……家のために身を売ったのに」

朱鷺の声がかすれた。

「…………」

扇太郎は朱鷺の隣に腰を下ろし、そのまま抱き寄せた。

「どこにもやらぬ」

そっと朱鷺を横たえながら、扇太郎は宣した。いまさら朱鷺のいない生活など考えられなかった。

「…………」

朱鷺がじっと扇太郎の目を見た。扇太郎も見つめ返した。

貪《むさぼ》るような行為の後、扇太郎は大の字になって天井を見上げた。

「決別する」

小さな声で扇太郎は宣した。

「……いいの」

抱きついていた朱鷺が訊いた。

「斬りつけられても、尻尾《しっぽ》を振るほどお人好しではないからな」

「相手は目付」

気遣いをしながらも朱鷺の言葉は短い。聞きようによっては冷たく感じられるが、触れている朱鷺の身体が震えていることで、その真意は扇太郎へよく伝わった。

「正面から当たって、勝てるはずはない」

目付の権限は強い。御家人の家を一つ消すなど簡単であった。

「鳥居耀蔵は、蘭学を取り締まる権を持つ町奉行になることを願っている」

扇太郎は話し始めた。

国学の大家である林大学頭《はやしだいがくのかみ》家の出である鳥居耀蔵にとって、蘭学はまさに仇敵《きゅうてき》であった。

しかし、旗本に対して無限とも思える力を持つ目付だったが、町人へは何もできなかった。江戸の市中に増えつつある蘭学者、蘭方医へ直接の手出しができないのだ。

「目付は十人に対して町奉行は二人しかいない。就任する難しさは、格段に違う。町奉行は、留守居、大目付と並んで、旗本の上がり役だ。家柄がよいだけでなく、相当の能力も要る。そしてなにより、経歴がきれいでなければならない」

「経歴……」

「そうだ。気に入らぬだけで吾を始末したりするわけにはいかぬのだ。よほど確定した罪がない限り、恣意《しい》は経歴の傷となる。ましてや、吾が鳥居耀蔵の引きで小人目付から闕所物奉行へ移ったことは、周知のこと。引きあげた配下を処罰するわけだ。それは、鳥居耀蔵に見る目がなかった証明」

「………」

朱鷺の震えが小さくなっていった。

「もし鳥居耀蔵が、吾を排したいと思うならば、まず闕所物奉行から別の役目へ転じさせるであろう。他人が吾のことを、旦那さまのことを忘れるような閑職へな」

「他の目付や徒目付に、吾のことを捕らえさせたりは」

「すまい。先ほども言ったように、吾は鳥居の配下だからな。その配下が捕まるのは、鳥居の傷だ。まちがいなく町奉行にはなれなくなる。なんとしても鳥居は吾を他の目付から守らなければならない」

「ではなぜ。父……屋島を」

父と言いかけて朱鷺が訂正した。

「そなたを守るため、吾の手がふさがる。さすれば、役目がおろそかになり、水野越前守さまから見限られる。越前守さまは、鳥居耀蔵よりはるかに冷徹だ。今は役に立つから吾を使っておられるが、不要となれば弊履《へいり》のごとく捨てられよう。なにせ、越前守さまは、吾を切り捨てたところで、なんの影響もない。吾との繫がりなど、鳥居しか知らぬのだからな」

施政者にとって、扇太郎のような小者などどうでもいい。

「旦那さまへの処罰を水野さまにさせると」

「おそらくな。そうすれば、鳥居耀蔵の失策にはならぬであろう。闕所物奉行は叩けばいくらでも埃《ほこり》の出る役目だからな」

扇太郎は苦笑した。

いつの時代でもそうだが、金を取り扱う役目はどうしても汚染されやすい。とくに予《あらかじ》めの金額が決まっていない競売を旨とする闕所物奉行はひどい。闕所物奉行が提出する決算書きだけが、唯一の資料なのだ。それこそ一千両の値が付いたものを百両と申告しても確かめようがなかった。

「闕所の裏を越前守さまが指摘し、その役目を闕所物奉行から勘定所へ移すと言うだけで、吾は終わりだ。よくて閉門、下手すれば改易だ。闕所物奉行が闕所の処分を受ける。笑いものだな」

「屋島はその道具に」

父屋島伝蔵が扇太郎の足を引っ張ることを、あらためて朱鷺は認識した。

「だな。この時期だからこそ、鳥居は動いたのだ。娘を売った旗本たちが潰されていく、この情況を利用し、最近、飼い主を乗り換えた犬を誅《ちゅう》するとな」

扇太郎は嘆息した。

「犬でも餌をくれぬ飼い主にいつまでも尾を振るものか。それこそ、噛みつくであろう。品川で捕らえられたとき、吾を救い出してくれたのは越前守さまだ。三日飼えば恩を忘れない犬としては、当然だ」

「では、どう……」

己を犬と自虐しながらも、扇太郎は断言した。

朱鷺が問うた。

「なるかどうか難しいところだが、手はある。鳥居燿蔵に有無を言わせぬようにする手がな」

扇太郎は朱鷺の身体を抱き寄せた。

「そのためには、二つの条件がある」

「二つの条件」

抱き締められた朱鷺が、顔をあげた。

「一つは、吾が水野越前守さまに役立っていると思わせるだけの功績をたてること」

「もう一つは」

「そなたが、決して屋島伝蔵の誘いに乗らぬことだ」

問われて扇太郎は告げた。

「そなたを失えば、話は最初から成りたたぬのだ」

扇太郎は手を伸ばした。

「なにかあれば、ここにいる吾が子まで死ぬことになる」

「その手は二度目」

朱鷺が扇太郎を睨んだ。かつて生をあきらめた朱鷺をよみがえらせるため、扇太郎は強引に朱鷺を抱き、子供を孕ませようとしたことがあった。

「でも……欲しい」

扇太郎の胸へ朱鷺が顔を押しつけた。

四

翌日、扇太郎は仕事に出てきた手代たちへ、事情を話した。手代たちは朱鷺がもと尾張屋の遊女であったことを知っている。

「親元でございましたか」

聞いた大潟が苦い顔をした。

「売り飛ばした娘を取り返そうなど……」

手代たちがあきれた。

「吾のおらぬ間、頼めるか」

「お任せくださいませ」

最年長の大潟が請け負った。

闕所物奉行のような下位職に役宅は与えられない。己の屋敷を役宅として提供することになる。それが幸いした。

「では、出てくる」

扇太郎は屋敷を出て西へと向かった。

深川から三田まではかなりの距離があった。

「ごめん。留守居役の井上兵部《ひょうぶ》どのはおられるか」

「榊さまでございますな。しばしお待ちを」

さすがは老中の門番小者である。一度来たことのある扇太郎の顔を覚えていた。

「これは、榊さま」

待つほどもなく井上兵部が現れた。

「少しよろしいか」

「もちろんでござる。そろそろ時分どき、お昼はすまされましたか」

「まだでござる」

扇太郎は答えた。

「ならば、おつきあいを願いましょう。お先にごめんを」

井上兵部が先に立って歩き出した。

「この少し先に、魚を喰わせる店がございましてな。そこでお話を伺いましょう」

留守居役は藩の折衝役である。人との対応には手慣れていた。

「ここでござる」

街道沿いの小さな店へ井上兵部は案内した。

「これは、井上さま」

店に入るなり、主が厨房から出てきて、頭を下げた。

「二階は空いているかな」

「はい」

主がうなずいた。

「大切なお方をお連れしたから、腕によりをかけて頼むよ。あと、他の客は」

「もちろんでございまする。二階へは誰も上げませぬ」

注文へ主が応じた。

「では、榊さま、どうぞ」

井上に促されて、扇太郎は二階へ上がった。

「ほう」

開け放たれた窓から、品川の海が一望にできた。

「この景色も味付けの一つでございましょう」

言いながら井上が、反対側の窓を開けた。

「こちらからは街道が見えまする」

「なるほど。ここで客待ちもできるのか」

「さようでございまする。東海道を下ってきた者と会うにはちょうどよろしゅうございましてな。酒でも飲んでいれば、一刻（約二時間）や二刻など、あっという間に過ぎてしまい、待つことが苦でなくなりまする」

井上が笑った。

「話は食事のあとで」

出された食事は、さすがに海が近いこともあって美味なものばかりであった。

「では、お伺いしましょう」

食後の白湯を喫しながら、井上が言った。

「先日越前守さまより命じられた件でございまするが……」

扇太郎は、鳥居耀蔵から深川の岡場所にいる旗本の娘の安否を問われた話から始めた。

「……その旗本が改易になった。多島さまでしたな」

留守居役は耳が聡《さと》くなければ務まらない。井上は闕所となった旗本のことを知っていた。

「じつは……」

多島の娘霧との出会いを扇太郎は語った。

「ふむ。一度娘を岡場所から連れ出し、自害させようとしていた……」

聞いた井上が頬をゆがめた。

「もう一つ、芝田町の遊女が自害した」

「ああ。あの瓦版が出た一件」

すぐに井上が応じた。

「あの瓦版屋が姿を消しましてございまする」

「…………」

井上が沈黙した。

「殿にご相談申しあげねばならぬ。榊さま。主のつごうに合わせていただかねばなりませぬが、一度お会いいただき、もう一度ご説明を願えまいか」

「承知」

扇太郎は引き受けた。

「では、こちらから人を向かわせますゆえ、お屋敷でお待ちを」

話は終わったと井上が立ちあがった。


大御所となった家斉のもとにも老中はいた。西の丸老中と呼ばれ、多くは本丸老中になるための修業として召し出され、数年から数カ月ののち、本丸老中へと異動していく。

西の丸老中はとくに許された場合を除いて、本丸御用部屋で政へかかわることはない。

もともと次代の将軍となる世継ぎとともに政をおこなう用意をさせるため、任じられるのが西の丸老中である。実質の権は持たないに等しかった。

とはいっても、いずれは本丸老中になると決まっているのだ。権はないが、人は集まる。役人も西の丸老中の意見を無視できなかった。

「大炊頭」

家斉が西の丸老中から本丸へ移った土井大炊頭利位《としつら》を呼んだ。

「なにか」

「昨今、城下が騒がしいようじゃの」

軽く咳《せ》きこみながら、家斉が言った。

天保八年（一八三七）四月、嫡男家慶へ将軍位を譲って大御所となり、西の丸で隠居生活に入った家斉だったが、政の権を手放す気は毛頭なく、なにかにつけて口出しをしていた。

「さようでございまするか」

土井大炊頭が、受け流そうとした。

西の丸老中をしていたとはいえ、家斉によって抜擢されたわけではない。土井大炊頭には、家斉と家慶の争いに手出しをして、火傷をする気などない。

「知らぬのか。それでは、執政たる資格はないの。家慶に命じて、そなたを外さねばなるまい」

「…………」

将軍職は譲ったとはいえ、家斉にはそれだけの力があった。土井大炊頭が黙った。

「執政ならば、もう少し市井のことにも耳を傾けねばなるまい。美濃よ。あれを見せてやれ」

家斉が土井大炊頭を叱った後、寵臣へ声をかけた。

「はっ。大炊頭どの。これを」

御側御用取次の水野美濃守忠篤が、懐から紙を一枚出した。

「……これは、下々の者が読むという瓦版ではございませぬか」

一瞥《いちべつ》して土井大炊頭が眉をひそめた。

「このような下賤なものを大御所さまにお見せいたすなど、言語道断でござる。誰じゃ、これを持ちこんだのは」

土井大炊頭が西の丸小姓どもを睨んだ。

「怒ってやるな。皆、西の丸で隠居している躬《み》の無聊《ぶりょう》を慰めようとしてくれておるだけじゃ」

「しかし……」

「大炊頭よ、問題はそこではない。まずは読め。話はそれからである」

家斉が冷たい声で命じた。

「はっ」

言われて土井大炊頭が瓦版へ目を落とした。

「これは……」

瓦版には自害した遊女の名前が一覧となって載っていた。

「汚らわしき遊女どもが死んだのが、なにか」

読み終えた土井大炊頭が首をかしげた。

「そのすべてが、旗本の娘であったとしたらどうする」

「……まさか」

土井大炊頭が驚愕した。

「躬の言葉を疑うか」

「と、とんでもございませぬ」

睨まれた土井大炊頭がうろたえた。

「さて、大炊頭よ。このどこに問題があると思うか」

「……旗本が娘を売ったことでございましょう」

「うむ。では、なぜ、売らねばならなくなったのだ」

うなずいた家斉がふたたび問いかけた。

「借財でございましょうか」

「であろう。その借財をしなければならない情況になった理由はなんであろうな」

「それは、各々の家で違いましょう」

問われた土井大炊頭が答えた。

「なにより、そのようなこと大御所さまがお気になさることではございますまい」

「そうしたいのだがな」

家斉が嘆息した。

「躬が将軍であったころに、このようなことはなかった。だが、家慶に代を譲って数年でこれだ。大炊頭、世俗ではどのように評しておるか存じおるか」

「あいにく」

「躬の世がよかったとな。旗本どももそう申しておるとも言う」

「上様のご政道を非難するなど論外でございまする。厳しく糾明《きゅうめい》せねばなりませぬ」

土井大炊頭が憤った。

「どうやって調べるというのだ。旗本が何人おるかそなた知っておるのか。八万騎は大げさであろうが、数万はおる。そのすべてを調べることなどできまい」

「それは……」

「かといって、家慶に傷をつけるわけにもいかぬ」

難しいと家斉が首を振った。

「仰せのとおりでございまする」

身を乗り出して土井大炊頭が同意した。

「となれば、この騒動の責任を誰が取るかは……」

言葉を切った家斉が、土井大炊頭を見た。

「……御用部屋」

土井大炊頭が、息を呑んだ。

「世慣れておらぬ家慶の補佐には、少しばかり力が足りぬように見える。やはり世情に明るい者でないとよろしくないな。天下を譲ったのは躬である。やはり、躬が家慶を支える家臣どもを指名せねばなるまい」

「…………」

返答できず、土井大炊頭が沈黙した。

「そなたも本丸御用部屋の一員として続けていきたければ、躬の言うことに従え」

「なにをいたせば……」

土井大炊頭が小さな声で尋ねた。

「御用部屋の者どもを助けてやれ」

「助ける……でございまするか」

「そうじゃ」

家斉が首肯した。

「責《せき》をとらされての罷免《ひめん》になれば、罪を得るのと同じ。執政になってから加増された領地は取りあげられ、返り咲くのは難しい。場合によっては子々孫々まで遠ざけられることになる。その前に自ら役目を返上するならば、咎《とが》めは受けぬ。能があるならば、また執政として腕を振るう機会もこよう」

「辞するように勧めよと」

「そうしてやるのが、武士の情けというものではないかな」

「…………」

「このままでは、そなたも責を負わねばなるまいなあ。躬はそなたの質を惜しんでおる。今は躬の力でことが本丸へ拡がるのを止めておるが、なにせ隠居したのでな。家慶が強く言えば逆らえぬ」

　ゆっくりとした口調で家斉が脅した。

「承知いたしましてございまする」

　土井大炊頭が陥落した。

　家斉の前を下がったその足で、土井大炊頭は本丸へと向かった。

「少し内密の話をしたい。人払いを」

　本丸御殿上の御用部屋前で、土井大炊頭が老中一同へ求めた。

「大御所さまか。坊主ども遠慮せい」

　水野越前守が命じた。

「ただちに」

　一礼した御用部屋坊主が、襖を閉めて出ていった。

「大炊頭……」

「我ら一同にと」

「なにを言いたいのだ」

　老中たちが口々に忙しいときにと不満を言った。

「ここで議論しても埒《らち》は明きますまい。話を聞いてみようではありませぬか。そのあとどうするか判断いたせばよろしい。そこに大御所さまの入る隙間はござらぬ」

「たしかに」

水野越前守忠邦の一言に、土井大炊頭が一礼した。

「さきほど大御所さまより……」

土井大炊頭が語った。

「我ら一同に退けと」

「なにを言うか」

「我ら執政衆をなんだと……」

聞き終えた老中たちが憤慨した。

「落ち着かれよ」

水野越前守が、一同を鎮めた。

「なにをしておるのだ。天下とともに大炊頭を譲るとまで賞された先祖の土井大炊頭利勝《としかつ》が泣くぞ。執政衆の進退は、上様もしくは、自らが決めること。いかに大御所さまとはいえ、お口出しは許されぬ」

激しく太田備後守資始《びんごのかみすけもと》が、怒った。

「旗本どもが娘を売るのは、我らが無能なせいだと。大御所さまの御代にはなかったなどと、うそぶかれるのも大概にしていただきたい」

「だが、言い返せぬぞ。もちろん、先代から、いやもっと前から旗本が生活に窮していることは誰もが知っている。しかし、娘を遊女に売り払っていたという記録はない」

脇坂中務大輔安董《わきさかなかつかさのたいふやすただ》が、首を振った。

「今は、目付が認めておる。表沙汰にはしておらぬが、娘を売った旗本どもを改易に処しておるのだ。否定はできぬ」

「では、辞めるといわれるか」

太田備後守が、水野越前守へ喰ってかかった。

「そのようなつもりはない」

きっぱりと水野越前守が否定した。

「なにより、大御所さまは本気で仰せられておられぬ」

「どうしておわかりになる」

水野越前守の断言に、脇坂中務大輔が問うた。

「使者が大炊頭であったからだ。これが、伯耆守《ほうきのかみ》であったならば、大御所さまも本気だと考えて対応せねばならぬがな」

伯耆守とは松平《まつだいら》伯耆守宗発《むねあきら》のことである。家斉の時代から本丸老中を務め、その異動にともなって西の丸老中へ移された。若年寄林肥後守、御側御用取次水野美濃守らと少し違うとはいえ、家斉の寵臣であった。

「大炊頭は、次代の執政として上様がお選びになった。今回のことでまずい応対をして罷免されたところで、大御所さまにとっては痛くもかゆくもない。どころか、上様のお眼鏡《めがね》にけちをつけることができる。対して、伯耆守は大御所さまが将軍であられたころに見いだされ、そのままご自身のご隠居、西の丸入りの供をさせたお気に入り。失敗させて、西の丸老中を退かねばならぬとならば、大御所さまにとって大きな痛手であろう」

ていねいに水野越前守が説明した。

「なるほど」

一同が納得した。

「我らが慌てふためいて、遊女ごときの自害に対応しようものならば、それこそ失点となりましょう。吉原以外の遊郭はご禁制。もちろん表向きの話なれど、神君家康さまのお取り決めでござる。もし、我らが吉原以外の遊郭の女たちが自害したことへ、なんらかの動きを見せれば、今の執政はご禁制の遊郭を保護しようとしておるとの誹謗《ひぼう》を受けましょう。神君家康さまのお名前が出ては、いかに上様でも、かばわれることはむつかしゅうござる」

「ううむ」

「そこまで読まれておるのか。大御所さま恐るべし」

話を理解した老中たちが唸った。

「では我らはどうすれば」

「知らぬ顔をしておればよいのでございまする」

水野越前守が告げた。

「大御所さまに我らをどうこうするお力はござらぬ。気にせず、やるべきことをやっておればよい」

「目付に旗本の改易を止めさせなくとも」

「放置しておけばよろしい。旗本が潰れたところで世情が騒然となるわけでもござらぬ。目付にみょうな命を出すほうが、よろしくございますまい」

太田備後守の不安に水野越前守が首を振った。

「では、ご一同」

「うむ。要らぬときを喰ったわ」

「坊主どもを呼び戻さねばの」

老中たちが自席へと戻っていった。

「……榊に調べさせねばなるまい」

一人中央に残った水野越前守が呟いた。

第五章　騒擾前夜

一

井上兵部からの呼び出しは六日後であった。

扇太郎は、三度《みたび》三田の水野家中屋敷を訪れた。すでに顔馴染みとなっていた門番小者は、何も言わず、黙礼だけで潜り門を開けてくれた。

「ご足労をおかけいたしまする」

玄関で井上兵部が待っていた。

「越前守さまは」

「まもなくお戻りになられまする。先ほど先触れが参りましたゆえ」

井上が教えた。

「どうぞ、こちらへ」

扇太郎は客間へ通された。

「しばしご休息くださいませ」

客間にはすでに茶菓が用意されていた。

「一人にしてくれたか」

扇太郎はほっと息をついた。いかに茶菓が用意されていても、誰かが側にいては手出ししにくい。いじましいと思われたくないのだ。

「これも侍の矜持か。安いものだ」

日頃は目にすることもない菓子を扇太郎は口に入れた。

「甘いな。これは砂糖か。高いであろう」

扇太郎はゆっくりと味わった。

「朱鷺に菓子など買ってやったことがないな。土産にするか」

口に残った余韻を扇太郎は茶で流した。

「お帰りいいい」

大声が聞こえてきた。

「…………」

扇太郎は湯呑みを卓の上に戻し、背筋を伸ばした。

「何度もすまぬな」

登城したままの姿で、水野越前守忠邦が現れた。

「いえ」

水野越前守が上座へ着くまで、扇太郎は頭を下げた。

「早速だが、話に入るぞ。今日はゆっくりとしておれぬのだ。もう一度上屋敷へ戻らねばならぬ」

「御用繁多のおりから、畏れ入りまする」

「暇な老中など不要であろう」

苦笑しながら水野越前守が茶を喫した。

「じつは、先日……」

水野越前守が、土井大炊頭から言われたことを話した。

「職を辞せよと」

「うむ。言われたのは少し前だがな。周囲を調べてからでないと、誰が味方で、誰が敵さえわからぬからの。迂闊《うかつ》に動けぬ」

「同じ御用部屋のご老中さま方は」

「一番怪しいわ。ようやく登りつめた執政の座ぞ。失わぬためならなんでもしよう。かく言う儂でもそうじゃ。実質二十万石と家老一人を犠牲にしたのだ。生き残るためならなんでもするぞ」

はっきりと水野越前守が告げた。

「ただ、儂は大御所さまのなされてきたことを否定してきた。他の老中どもは、尾を振れば生き残れるであろうが、儂はさすがにな」

水野越前守が苦笑した。

「まあ、そのようなことはどうでもよい。榊、なにかわかったか」

「やはり鳥居耀蔵さまが浮かんで参りましてございまする」

「前からわかっておったことではないか」

怪訝そうな顔を水野越前守がした。

「それが……」

扇太郎は朱鷺にかかわるすべてを語った。

「ほう。そなたの女が、旗本の娘で岡場所へ売られていた女か。ふむ。で、その女の父親が、出てきたと」

「はい」

「小賢《こざか》しい手を」

水野越前守が吐き捨てた。

「それについて一つお願いがございまする。その前に吉原の西田屋甚右衛門との話でございまするが……」

私事を後にして扇太郎は、話を進めた。

「岡場所を品川の一太郎が手中にしておるやも知れぬと言うか」

「そのように西田屋甚右衛門が申しておりました」

「御法度《ごはっと》の岡場所を手にしてどうするつもりだ。あのようなもの、町奉行所が取り締まれば、一日で潰れよう」

聞いた水野越前守があきれた。

「足場にするつもりではないかと」

「江戸の闇《やみ》を手にすると申しておるとは聞いておるが、岡場所でそれが成りたつのか」

「吉原ほどではございませぬが、岡場所も金を産みまする」

「金か。井上」

部屋の隅で控えている井上兵部へ水野越前守が声をかけた。

「岡場所というのは、どのくらい儲かるものなのだ」

「規模と場所によって大きく変わりまする。吉原が日に千両と申しますので、それよりは少のうございましょうが、江戸全部の岡場所を集めれば、吉原をこえましょう」

世事に詳しい井上が答えた。

「日に千両をこえるとは、すさまじいな」

水野越前守が驚いた。

「岡場所の手入れを町奉行へ命じるか。これならば、執政として市中の取り締まりを命じるだけだ。問題になることはない」

「……いかがでございましょうや」

扇太郎は首をかしげた。

「申せ」

「はい。岡場所の手入れをすれば、遊女を捕らえることとなりまする。当然、吉原へ下げ渡しまするが、その前に身元を調べましょう。岡場所の女はまだ人別《にんべつ》がございますが、吉原の妓となると失いまする。そこで、旗本の娘がぞろぞろ出てきては、かえって……」

許しを得て扇太郎は述べた。

「それはよろしくないの。かといってなにもせぬというわけにはいかぬ。榊、さきほど、そなた岡場所の闕所《けっしょ》をしたことがあると申したな」

「はい。守山藩ともめた音羽桜木町の遊女屋の闕所をおこないましてございまする」

扇太郎は首肯した。

「そのとき遊女の身元を調べたか」

「いいえ。闕所物奉行は財産の収用、競売をおこなうのが役目。それがどこから来たかを調べることはございませぬ」

「その手だな」

水野越前守がうなずいた。

「町奉行に命じて、岡場所の主《あるじ》を人身売買で捕まえさせる。人身売買は重罪じゃ。闕所の対象であったの」

「重《じゅう》追放以上であれば、すべてを闕所の対象とできますする」

確認を求められた扇太郎は答えた。

「よし。その手で行く」

「お待ちくださいませ」

慌てて扇太郎は止めた。

「闕所物奉行はわたくし一人でございまする。岡場所の闕所をすべて扱うなど無理でございまする」

「増やせばいい。儂の息がかかった者を押しこむ」

「闕所物奉行だけ増えても役に立ちませぬ。こちらの思惑通りの競売をしてくれる商人が要りまする。見積もりのおりに何も言わず、手を貸してくれる者が」

「ううむ。一朝一夕でできるものではないか。手詰まりじゃな」

水野越前守が腕を組んだ。

「榊、どこの岡場所が一太郎に侵されたかを調べることはできるか」

「ときをかけてよろしいのならば、江戸の顔役どもを通じて、なんとかなりましょう。顔役どもにとって、縄張り内の岡場所は金のなる木。絶えず目を向けておりましょうほどに」

扇太郎が説明した。

「あまりときはないぞ。儂が転《こ》ければ、そなたは終わりだ。鳥居は、即座にそなたを切り捨てるであろう」

「わかっておりまする」

ぐっと扇太郎は唇を嚙みしめた。

「急げ。話は終わりか。では、頼みというのを申せ」

最初に扇太郎が口にしていたのを水野越前守は覚えていた。

「ご家中でどなたか、朱鷺《とき》を養女にいたしてくれるお方はおられますまいか」

促されて扇太郎は口にした。

「なるほど。その女を妻とするのだな」

「はい」

「しかし、御家人とはいえ幕臣の妻が岡場所の遊女であったというのは、かえって弱みとならぬか」

懸念を水野越前守が表した。

「ゆえに、ご家中の方の養女としたいのでございまする」

「ふむ。吾が家臣となれば陪臣。目付の手は出ぬな。それでいて、筆頭老中の家臣となれば、なまじの旗本より重みはあるか」

「ご明察のとおりでございまする」

扇太郎は頭を下げた。

「そうするのがもっともよいな。些末《さまつ》と言うてはなんだが、そちらにそなたの手を取られるのは得策ではない」

水野越前守が理解した。

「さすがに儂の娘にするわけにはいかぬ。かといって、あまりに身分が低すぎては重石《おもし》にならぬ。井上。誰かよい者を探してやれ」

「殿、よろしければ、わたくしの娘に」

井上兵部が名乗り出た。

「そちがなってやるか」

申し出に水野越前守が、少し考えた。

「なまじ家老や用人にさせるより、よいかも知れぬな。留守居役は顔が広い。かえって手助けとなることもあろう」

水野越前守が認めた。

「それでよいか、榊。井上は、当家で留守居役を務め、食禄は二百四十石取っておる」

「よろしいのでございましょうや」

言われた扇太郎は井上へ向き直った。

「お気になさるな。幸い、わたくしの子供たちはどれも家中の者と婚姻をすませておりまする。朱鷺どののことでなんの苦情が出ることもございませぬ」

井上が手を振った。

もとをたどれば旗本の娘とはいえ、一度苦界《くがい》へ沈んだのだ。それを養女にすれば、口さがない者たちからの誹謗中傷を受けかねなかった。

「そのようなまね、余がさせぬわ。性根の腐ったことをするような輩《やから》は、余の家臣としてふさわしくない」

「畏れ入りまする」

深く扇太郎は礼をした。

「詳細は、二人で決めよ。井上、任せた」

慌ただしく水野越前守が立っていった。

「お忙しいことでございますな」

見送りに付いていった井上が戻ってきたのに、一人座敷で待っていた扇太郎は感嘆した。

「お身体にご無理がでなければよいのでございまするが……」

大きく井上が嘆息した。

「さて、夕餉《ゆうげ》を共に」

井上が手を叩くと、膳が二つ運ばれてきた。

「主がおりませぬので、酒はご勘弁をくださいませ」

いかに来客とはいえ、主君のいないところで酒を出すわけにはいかなかった。井上が断った。

「けっこうでございまする」

扇太郎も了承した。

「さっそくでございまするが、朱鷺どのを養女となすについて、一度我が家でお預かりをいたしたく存じまする」

夕餉を摂りながら打ち合わせが始まった。

「当家から嫁に出したという体《てい》を取らねば、どこから横槍《よこやり》が入るかわかりませぬで」

「お手数をおかけいたしまする」

「では、近日中に、朱鷺どのをお迎えにあがりまする」

「こちらから連れて参りましょう」

井上の厚意に扇太郎は申しわけないと応じた。

「いや、駕籠《かご》を出しまする。最近、殿が足繁く中屋敷へお見えでございますれば、目も付けられておりましょう。そこへ榊さまと朱鷺どのが連れだってお見えになるのは、よいとは思えませぬ。駕籠ならば、垂れを降ろしてしまえば、顔は見えませぬ」

「お心遣い感謝いたしまする」

扇太郎は礼を述べた。

「では、手配をすませ次第、ご連絡を申しあげまする」

打ち合わせとともに夕餉は終えた。

屋島伝蔵は焦っていた。

旗本御家人と町人の縁組いっさいが禁じられれば、屋島家に手が伸びるのだ。となれば、借財の形《かた》に娘を岡場所へ渡したことが明らかになる。もちろん、親戚筋や近隣には、とっくに知られている。当然である。嫁に行ったわけでもなく、ある日突然娘が消えたのだ。つきあいのある親戚や近所は不審に思う。一応、病気療養のため、遠方の知人へ預けたとごまかしてはいるが、騙《だま》せているとは屋島伝蔵も思っていない。ただ表沙汰になっていないので、影響が出ていないだけで、ばれればつきあいはばっさりと切られる。もっともすでに親戚中から金を借りまくり、未だ返済をしていないのだ。親戚からはもう相手にされていなかった。

「困った」

あれから二度ほど深川へ足を伸ばしたが、結局一度も朱鷺の顔さえ見られなかった。

旗本とはいえ、つきあいのない他家の家捜しをすることもできず、一日朱鷺が出てくるのを待つだけと無駄足を踏んでいた。

「このままでは家が潰れる」

屋島伝蔵が居室で独りごちた。

「殿さま」

居室の外から声がかけられた。

「なんだ」

声をかけてきた妻へ屋島伝蔵がきつい口調で返した。金に余裕のない屋島家では、女中を雇えず、妻がすべてを取り仕切っていた。

「播州屋《ばんしゅうや》がお目にかかりたいと参っておりまする」

「なに……こんなときにか」

屋島伝蔵が苦い顔をした。

「おらぬと申せ」

「つれないまねはご勘弁くださいな」

居留守を使おうとした屋島伝蔵の前に、襖《ふすま》を開けて播州屋が顔を見せた。

「今日は何だ」

「ご返済の期日は三日前でございましたが」

播州屋が言った。

「えっ……」

報《しら》された屋島伝蔵が驚愕した。朱鷺のことで惑乱して、すっかり忘れていた。

「そのご様子では、まったくお気づきではなかったようでございますな。では、お支払いのほどを」

少し目を大きくした播州屋だったが、そのまま請求を続けた。

「待て。今はつごうが悪い」

「今までにつごうの良いときなどございましたかな」

老練の播州屋が、下卑た笑いを浮かべた。

「忘れておったことは詫びる。後日、こちらから参るゆえ、今日のところは帰ってくれ」

屋島伝蔵が頼んだ。

「そう言われて、はいと帰るようでは、金貸しは務まりませぬ。返せぬと仰せならば、やむを得ませんな。評定所《ひょうじょうしょ》へお恐れながらと訴えさせていただきましょう」

旗本や御家人で借金を踏み倒す悪質な者が増えたことを受け、幕府では評定所を通じて訴え出ることを認めていた。

「ま、待ってくれ。そのようなことをされれば、家が保《も》たぬ」

焦って屋島伝蔵が止めた。

「だったら、お払いいただきましょうか」

「金はない」

朱鷺のことで奔走していた屋島伝蔵は金策などしていなかった。

「困ったお方だ」

播州屋があきれた。

「どうでございますかな。先日もお話を申しあげました件、ご承知いただけませぬか。そうすれば、借金は棒引きのうえ、年二十両のお金を二十年間お払いしますよ」

「屋島家の系図を売れと言うのか」

かっとなった屋島伝蔵が怒鳴った。

「売れるだけいいと思っていただかないと。裕福な町人にとって、お武家さまに頭から押さえつけられる悔しさというのはお金に換えがたいものなのでございまする。金もないくせに、両刀を腰に差しているというだけで、反《そ》っくり返り、こちらは両手を突いて敬意を見せなければならない。金を貸しているほうが、敬語を使うなどおかしい話じゃございませんか。この矛盾が我慢ならないというお方が、かなりおられましてね。どれだけの金がかかってもいいから、旗本の身分を買いたいとおっしゃられるのでございますよ」

淡々と播州屋が述べた。

「町人風情《ふぜい》に、屋島の家を売れるか」

「では、お金を返していただきましょう。借財をきれいにしてくだされば、誰も家を売れなどと申しませぬ」

「……………」

屋島伝蔵が黙った。

「ものには売りどきというのがございまする。評定所へ訴えられて家を潰し、一文の金もない浪々の身となるか、家を売って借財を清算したうえ、毎年二十両の金を受け取るか。どちらが得か、子供でもわかる勘定でございましょうに」

「……ううう」

力なく屋島伝蔵が肩を落とした。

百八十石としては高望みに近い勘定頭に就くことを願った屋島伝蔵は、じつに数百両という借財をしてまで、運動した。しかし、有力な引きを持たない屋島家では、届くはずもなく、夢はかなわず、借財だけが残った。

そのなかでもっとも高利で大きな金額を貸し付けていた札差《ふださし》の相模屋《さがみや》が形《かた》として朱鷺こと伊津を連れて行き、岡場所へ売り払った。五十両の借金はそれでなくなり、他も代々の家宝などを売り払って返却したが、五十両ほど残ってしまった。百八十石で五十両ならば、数年慎ましい生活をすれば、どうにかできるのだが、屋島伝蔵は夢をあきらめきれず、ふたたび役職に就きたいと動いた。その結果、借財は減るどころか増え、今では百両をこえてしまっていた。その貸し主が播州屋であった。

「もう待てませんよ。この場でご返答いただきましょう。ご返答次第では、この足でわたくしは評定所へ参りまする」

最後通告を播州屋が突きつけた。

「……家を売っても潰れるのだ」

しばらく沈黙していた屋島伝蔵が、絞り出すように言った。

「どういうことで」

播州屋が訊いた。

「……娘を売ったことが目付さまに知られ……」

屋島伝蔵が説明した。

「なんという間の悪い」

聞いた播州屋が首を振った。

「そんなけちの付いた家など誰も買いませんよ。まったく。で、どう手を打たれたので」

「娘に会って説得したが、だめであった」

「当たり前でございましょう。借金の形に売り払われた娘が、親のために死にますか。少し考えればわかりましょう」

「それでも他の家の娘は何人も自害している」

あきれた播州屋へ屋島伝蔵が言い返した。

「そんなのは、格別の例でしょう。事実潰された旗本の家はいくつもあるんでございますよ。まったく。甘い。だから、家を売ることになるのですがね」

嘆息した播州屋が屋島伝蔵を見た。

「家を売ってもらいましょう。否やは通りません。その代わり、娘さんのことは、こちらで始末しまする。あと、そのぶんの費用はしっかりいただきますよ。年二十両の金を十両に減らさせていただきまするが、よろしいな」

「…………」

播州屋の念押しに、屋島伝蔵は沈黙で応えた。

「養子縁組のお届け書きを今すぐに用意いたしまする。そこへ署名と花押《かおう》をお願いしまする。そのあとは、なにもお考えにならずともよろしい。すべては、こちらでやりますので。これで屋島の家名が残るのでございますよ。では、のちほど」

言い残して播州屋が帰っていった。

「娘まで売ったというのに……すべて失ってしまった。儂は役について、屋島の家名を上げたかっただけなのに。うっ、うううううう」

屋島伝蔵が、涙を流した。

二

扇太郎は、まず天満屋孝吉を訪ねた。

「わたくしの縄張りの岡場所が一太郎に乗っ取られていないかどうか、調べるのでございますな」

天満屋孝吉が理解した。

「ちょいとお待ちを。嘉兵衛《かへえ》を呼びまするので」

嘉兵衛とは、天満屋孝吉の縄張りにある岡場所を差配している男であった。

「なにか」

しばらくして嘉兵衛が顔を出した。

「ちょいと訊くけれども、昨今、岡場所に変化はないかい」

「ございませぬ」

あっさりと嘉兵衛が否定した。

「よろしゅうございましょうか」

了解を求めた天満屋孝吉へ扇太郎はうなずいた。

「じつはね……」

「狂い犬の息が……それならば大事ございませぬ。どの見世の主も男衆も変わっておりませぬ。さすがに、そのまま居抜きということはございませんでしょう」

「だな」

嘉兵衛の言葉に天満屋孝吉も同意した。

「一応、縄張り外でつきあいのある岡場所へも声をかけておいてくれ」

「へい」

うなずいて嘉兵衛が帰っていった。

「そのお話が本当ならば、相当ややこしいことになりそうでございますな」

天満屋孝吉が難しい表情をした。

「うむ。手間を取らせた」

「今後も気をつけておきまする。ところでお奉行さま、朱鷺さまはお元気で」

「……何を知っている」

扇太郎は、天満屋孝吉の口調に含みがあることに気づいた。

「先日、わたくしのところに、朱鷺さまの行方を尋ねて来られた御仁《ごじん》がおられましたので」

「焚《た》きつけたのは鳥居で、おぬしが背中を押したのか」

「やはり行きましたか。いかがでございました」

「朱鷺を連れ出そうとして、手代たちに防がれると、家のために死んでくれと言い残して去っていったらしい。あと、拙者は見ていないが、手代たちによると数回、屋敷を見張っていたそうだ」

訊かれた扇太郎が答えた。

「なかなか面の皮の厚いお方でございますな」

「最近は来なくなったようだが、油断はできぬ」

あきれる天満屋孝吉へ、扇太郎は言った。

「で、どのようになさるおつもりで」

「養親《やしないおや》をつけることとした」

天満屋孝吉の問いに扇太郎は答えた。

「それはけっこうなことでございまする。おせっかいが役立ちましたな」

すぐに天満屋孝吉が、その意味を理解した。屋島伝蔵が来たことで朱鷺を妻に迎えようと扇太郎は動いたのだ。

「あまり要らぬことをするな」

見送りに立った天満屋孝吉へ釘を刺して、扇太郎は店を出た。

「伊豆屋へ回るか」

世慣れた伊豆屋兼衛門の顔を扇太郎は思い出した。

「ごめん、主どのはおられるか」

日本橋の伊豆屋の暖簾を扇太郎は潜った。

「しばらくお待ちを」

番頭がすぐに伊豆屋兼衛門を呼んだ。

「これはお奉行さま。本日はなにか」

「このようなことは起こっておらぬか」

単刀直入に扇太郎は問うた。

「聞いてはおりませぬな」

ほほえんでいた伊豆屋兼衛門の表情が引き締まった。

「ただちにわたくしの縄張りは調べまする」

「残りの顔役たちにも」

「難しゅうございましょう」

先だっては快く引き受けてくれた伊豆屋兼衛門が首を振った。

「なぜだ」

「己の縄張り内に他人の拠点を築かれてしまった。顔役失格でございまする。まず、気づかない己が力不足。そして、誰も知らせなかったという人望のなさ。とても顔役として縄張りを締めるだけの器《うつわ》ではございませぬ。そのような者へ忠告したところで、無駄でございましょう。いや、一太郎へ筒抜けになるだけ悪い状況になりかねませぬ」

伊豆屋兼衛門が説明した。

「言われてみればそうだな」

扇太郎も納得するしかなかった。

「それに岡場所へ手出しをしてきたというは、男衆を縄張り内へ入れるため。いわば、宣戦布告でございまする。こちらも迎え撃つ用意をしなければなりませぬ。とても他人さまのことまで気にかけてなどおられませぬ。まずは、自前の縄張りを守り切らなければいけませぬ」

「わかった。手間を取らせた」

「いえ、お役に立ちませず、申しわけもございませぬ。こちらでわかったことがあれば、ただちにお報せいたしまする」

慇懃《いんぎん》に小腰を曲げる伊豆屋兼衛門と別れて、扇太郎は水屋藤兵衛のもとへと向かった。

「そんな気配はございやせんねえ」

　水屋藤兵衛の返答も同じであった。

「そうか」

　扇太郎は、安堵《あんど》と落胆でため息を漏らした。

「狂い犬の野郎、本気で来やしたね」

　表情を険しくした水屋藤兵衛が、述べた。

「江戸の闇を手に入れる戦いを始めると」

「はい。金で岡場所を取られただけならば、買い戻せばすむこと。地元の顔役にはそれくらいの才覚と金がございまする。事実、今までなんども岡場所の主は替わって参りました。そのうちのほとんどが、きちっと挨拶を通して、冥加金を納めてくれましたが、なかには、しきたりを無視する者もおりました。買った限りは儂のもの。なんで他人に金を出さなきゃいけないんだと、冥加金を払おうとしない」

「そういうのはどうするのだ」

「周囲への示しが付きません。一人許せば、全部が狂いまする。もともと冥加金など、御上の認めてくださったものじゃございませんから。顔役の覚悟が問われることになりまする。もちろん、わたくしの縄張りでは、しっかり始末をつけさせていただきました」

冷たく水屋藤兵衛が告げた。

「なるほど。では、今回が違うという理由は」

「表向きはなにもないからでございますよ」

「なにもない」

どういうことだと扇太郎は首をかしげた。

「まったく噂が聞こえても来ない。つまりちゃんと冥加金も支払っているということなのでございますよ。他人の縄張りのなかに喰いこんだのを自慢しておりません。本来ならば誇ってしかるべしなのでございますよ。そして、やられたほうは排除するために動く。それをしていない」

「機を待っていると」

「おそらく」

水屋藤兵衛が、同意した。

「そのときは大騒動になる」

「はい。江戸中がひっくり返るほどの」

「水屋どのはどうする」

「伊豆屋さん、天満屋さんと連絡を密にして、力を合わせてことに当たりましょう。これに神田の縄張りを加えれば、ほぼ江戸の半分。残りを一太郎に押さえられていても、どうにか対抗できましょう」

扇太郎の問いに水屋藤兵衛が答えた。

「町奉行所は当てにならぬか」

「前もって一太郎の排除には動いてくれませぬ」

小さく水屋藤兵衛が首を振った。

「たしかになにかあって初めて動くのが、町奉行所だからな」

「そして、なにかあったときは、一太郎とこちらの両方が、取り締まられると」

もめ事には加害者と被害者がある。御上にとって顔役の縄張り争いなど、無頼の喧嘩でしかない。喧嘩両成敗として当然であった。

「だが、その場に一太郎はいない」

「はい」

水屋藤兵衛がうなずいた。

「どうせ、手に入れた岡場所の表向きの主は、まったく一太郎とかかわりのない者にしておりましょうから」

「町奉行所によって顔役やその配下たちが取り締まられた後、弱体した縄張りを……」

「悠々と手に入れる」

途中で止めた扇太郎の言葉を水屋藤兵衛が引き取った。

水屋藤兵衛と話しこんだ扇太郎が、別れを告げたのはすでに暮れ六つ（午後六時ごろ）過ぎであった。

「遅くなったな」

屋敷にいるときは、いつも暮れ六つ前に夕餉をすませる。そうすれば、灯油や蠟燭《ろうそく》を使わずにすむのだ。そのあとの風呂や就寝は、有明行灯《ありあけあんどん》の灯りていどで十分間に合う。しかし、夕餉を薄暗いなかで喰うとうまくない。

「待っているだろう」

誰かが己の帰りを待ってくれている。それはうれしいものであった。扇太郎は足を速めた。

「もうよかろう」

「うむ」

榊家の門前で二人の浪人者が顔を見合わせた。

最後まで残っていた手代大潟が屋敷を出て、小半刻（約三十分）が経っていた。

「しくじるなよ。東《ひがし》」

「わかっている。女一人殺して十両だ。一人頭《あたま》五両。これだけあれば、当分、酒には困らぬ。西《にし》こそぬかるな」

浪人者が互いに相手を戒めた。

「行くぞ」

東が最初に潜り門を押した。

「開いてる」

「御家人の屋敷に門番なぞいるものか」

西が嘲笑した。

「それもそうだな」

二人が屋敷のなかへ踏みこんだ。

「逃がす間を与えぬよう、一気に」

「おう」

玄関の板戸を西が蹴破《けやぶ》った。

「……何の音」

居室で扇太郎の帰りを待っていた朱鷺が、腰をあげた。

扇太郎なら、大きな音は立てないし、なにより最初に帰宅を告げる声がした。

「父か」

朱鷺が苦い顔をした。

「旦那さまのいないときでなければ、来られぬとは情けない」

屋島伝蔵のことを馬鹿にしきっていたことが、朱鷺の動きを鈍らせ、逃げる余裕を奪った。

「ここかっ」

聞いたことのない声がして、居室の襖が蹴り倒された。

「いたぞ」

「まちがいないか」

東と西が、朱鷺を見つけた。

「何者、ここを闕所物奉行榊扇太郎の屋敷と知っての狼藉か」

厳しい声で朱鷺が詰問した。

「屋島伝蔵の娘伊津だな」

朱鷺の問いを無視して、西が訊いた。

「違う」

「ほう。では、伊津はどこにおる」

「そんな女は知らぬ」

ふたたびの質問に朱鷺が否定を返した。

「調べてくる。逃がすなよ」

東が居室を出て行った。

「いい女じゃねえか」

残った西が、朱鷺の身体をなめ回すように見た。

「貧乏御家人にはもったいないほどの美貌だ」

「…………」

逃げようと身体を少し動かした瞬間、朱鷺を押さえるように西の太刀が突き出された。

「動くな」

「…………」

切っ先を喉へ擬された朱鷺が、後ろへ下がった。

「他には誰もおらぬぞ」

そこへ東が戻ってきた。

「こいつが、伊津のようだな」

「ああ」

二人が朱鷺を逃がさぬように、間合いを空けて近づいた。

「おい、東」

「なんだ」

「ちょっとの間、待ってくれ」

西が頼んだ。

「悪い癖を出すな。闕所物奉行が戻ってくればやっかいだぞ」

東が苦い顔をした。

「これほどの女、吉原でもまずお目にかかれないぞ。もったいないじゃないか。殺す前に楽しませてくれぬか」

「馬鹿言うな。さっさと仕事をすませて逃げ出すのが、本式だろう。失敗でもすれば、後金がもらえないどころか、播州屋から狙われることになる。江戸におられなくなるぞ」

とんでもないと東が諫《いさ》めた。

「江戸を売る羽目になっても、抱いてみたい女だ。なあ、東、後金は全部やる。ここは少し目をつぶってくれ」

「後金を全部か……」

言われた東が思案した。

「本当にいいのだな。残り五両、全部拙者が受け取るぞ」

「かまわぬ。いや、この女を連れて江戸から逃げるのも……飽きれば売ればいい。これだけの女ならば、百両やそこらになるだろう」

「よせ。殺されるぞ」

贅沢を言い出した西を東が止めた。

「播州屋がそれほど甘いわけないだろう。なによりどうやって箱根の関所を抜けるつもりだ。あそこは女を通さないぞ。それに街道筋へ回状を出されれば、どこの宿屋にも泊まれぬ。まともに飯も喰えぬようになるなど、拙者はごめんだ」

「ちっ」

西が舌打ちした。

「やるならさっさとしろ」

東が急かした。

「おとなしくしろ」

太刀を喉元へ突きつけたまま、西が迫った。

「………」

朱鷺がずり下がった。

「まったく」

東が居室の外へ出た。

屋敷へ戻ってきた扇太郎は、潜り門が開いていることに不審を覚えた。

「まさか」

扇太郎は脇差を鞘ごと抜いて、頭上に横たえながら潜り門を抜けた。不意打ちを警戒したのだが、なにもなかった。代わりに扇太郎は玄関の扉が蹴破られているのを見つけた。

「朱鷺……」

さっと扇太郎の頭に血がのぼった。

扇太郎は廊下を駆けた。

「これは……」

足音に東が気づいた。

「だから、言わないことではない。さっさと殺していれば、今ごろここを離れられていたというに」

東が太刀を構えた。

「いた」

狭い屋敷である。あっという間に扇太郎は駆け抜けた。

「しゃっ」

間合いに入るなり東が抜き撃った。

「ふん」

扇太郎は鞘ごと抜いていた脇差でこれを止めた。

音を立てて鞘が割れ、脇差の刃が剝き出しとなった。

抜くという行為で生まれる遅れを、扇太郎は嫌ったのだ。

「ぬええい」

抜き身となった脇差を扇太郎はぐいと上げた。

「くっ」

押さえこもうとしていた東が、力をこめて逆らった。

互いの得物が触れ合っている位置から柄《つか》が遠いほど、力は入れにくい。打ち合って止まった段階で、東が不利になった。

「ちいい」

太刀と脇差では、間合いが開いただけ優位になる。東が後ろへ跳び退《すさ》ろうとした。

「甘いわ」

扇太郎は追いすがった。

上段からの一撃を出した後、後ろへ跳ぶ。どうしても腰を浮かせなければならない。対して、下で受け止めた扇太郎は、そのまま伸びあがるようにすればすむ。

「くそっ」

急いで東が太刀を落としたが、腰の浮いた状態での一撃に力はなかった。振りあげた扇太郎の脇差に軽く弾《はじ》かれて、東の両脇が開いた。

「…………」

無言で扇太郎は脇差を薙《な》いだ。

「あああ」

脇の下には大きな血の管がある。左の脇の下を裂かれた東が血を噴いた。

「しゃっ」

即死にならなかった東の反撃を封じるため、扇太郎は容赦なく両手を斬り飛ばした。

「ぎゃっ」

東が受け身もとれず、背中から廊下へ落ちた。

「ちっ」

ようやく朱鷺の腕を摑んだところだった西が舌打ちした。

「なにをやってやがる。後金をやるんだ。ちゃんとしてくれぬと……」

大きく開けられた襖の向こうに東が沈んでいた。西が絶句した。

「手を離せ、下郎」

血塗られた脇差を扇太郎は西へ模した。

「きさま……」

西がうろたえた。朱鷺を捕まえるために太刀を手放していた。

「ちっ」

急いで西が脇差に手をかけた。

「させるか」

扇太郎は迷わず、脇差を投げた。

「わっ」

咄嗟《とっさ》に抜き放った脇差で、はたき落としたのは、西の技量がなまなかでないものであることを示していたが、そこまでであった。

「遅い」

投げた脇差の後を追うように、扇太郎も駆けていた。走りながら太刀を水平に抜き撃った。

「わっ」

切っ先のぶれていた脇差では対応できなかった。西の脇腹に深々と太刀が喰いこんだ。

「ぎゃあ」

臓腑《ぞうふ》と血を撒き散らしながら西が絶叫した。

「……………」

朱鷺が凄惨な様子に座りこんだ。

「くそおお。女の色香に迷った報いか」

崩れ落ちながら、西が悔やんだ。

「……せめて」

倒れた西が、朱鷺を刺そうと手を伸ばした。

「やらせるとでも思うたか」

冷たい声で扇太郎は西の首へ止《とど》めを入れた。

「かふっ」

空気を漏らすような音を最後に、西が絶命した。

「大事ないか」

「……は、はい」

かろうじて朱鷺がうなずいた。

かつて朱鷺は吉原から命を狙われ、忘八《ぼうはち》を刺客として送りこまれたことがあった。そのとき、朱鷺は命の危機にもかかわらず、感情を見せさえしなかった。その朱鷺が震えていた。

「立てるか」

「……無理」

朱鷺が首を振った。

「わかった」

扇太郎は太刀を西の着物で拭うと、鞘へ収め、朱鷺を引き起こした。

「怖かった。いえ、怖くなかった」

手を握られた朱鷺が小さな声で告げた。

「あなたが来るまでは怖くなかった。あなたの顔を見たとき、死にたくないと思って急に怖くなった」

「そうか」

力を入れて扇太郎は朱鷺を抱き締めた。

朱鷺の震えが収まるまで待った扇太郎は、そっと朱鷺を身体から離した。

「こいつらは何か言ったか」

「屋島伊津はどこだと」

「……屋島伊津を殺しに来たか。となると……」

「父、いや、屋島伝蔵」

扇太郎の確認に、朱鷺が答えた。

「そんな覚悟があるとは思えない……」

「だが、刺客は来た。それは認めなければならぬ」

朱鷺へ扇太郎は告げた。

「このままここにいては危ない。居場所を知られたのだ。今回は間に合ったが、次も大丈夫とは限らぬ」

「……はい」

おとなしく朱鷺が首肯した。

「着替えなどを用意いたせ」

「…………」

無言でうなずいた朱鷺が、動き出した。まだ足取りは揺れていた。

三

小半刻（約三十分）ほどで朱鷺の用意はできた。

「参るぞ」

扇太郎はまず水屋へと行った。

「承知いたしましてございまする」

事情を訊いた水屋藤兵衛が、死体の始末と駕籠の手配をしてくれた。船宿を営んでいる水屋には、出入りの駕籠かきが何人もいる。夜中であっても駕籠を仕立てることは簡単であった。

「三田札の辻まで頼む」

「へい」

駕籠の隣に付き添いながら、扇太郎は水野家中屋敷を目指した。

町駕籠を大名屋敷の門へ付けるのは、夜中といえども外聞にかかわる。扇太郎は少し離れたところで駕籠を待機させ、潜り門を叩いた。

「誰じゃ。すでに門限は過ぎておるぞ」

門番小屋の無双窓《むそう》が少し開いて、不機嫌そうな声がした。

「夜中のご無礼は幾重にもお詫びする。闕所物奉行榊扇太郎でござる。留守居役井上兵部どのへお目にかかりたい」

「榊さまでございましたか」

無双窓から灯明《とうみょう》の明かりが漏れ、扇太郎の顔を確認した門番小者の態度が変わった。

「しばしお待ちを」

門番小者が無双窓を閉じた。

さすがに夜中である。井上が迎えに来たのは、それから半刻（約一時間）ほど経ってからであった。

「遅くなり申した」

突然の来訪の理由を聞く前に、井上が詫びた。

「こちらこそ夜中にもかかわらず申しわけないが、じつは……」

襲撃の話を扇太郎は述べた。

「なんということを……じつの娘を殺そうなど……」

井上兵部が絶句した。

「お迎えを待つべきなのでござろうが、わたくしも四六時中朱鷺に付いておるわけにもいきませず、ご迷惑を承知で同道して参りました」

「当然でござる。いや、よくぞ頼ってくださった。で、朱鷺どのはどこに」

「あちらに」

扇太郎の手招きで駕籠が近づいてきた。

「朱鷺」

呼ばれて朱鷺が駕籠から降りた。

「老中水野越前守さまのご家中で留守居役を務めておられる井上兵部どのだ。井上どの、朱鷺でござる」

二人の紹介を扇太郎はおこなった。

「このようなところでは話もできませぬ。我が長屋までどうぞ」

先に立って井上が案内した。

「おいでなさいませ」

長屋では身形を整えた井上の妻が迎えてくれた。

「井上どの、よしなに願う」

玄関先で、扇太郎は頭を下げた。

「お泊まりになられぬのでござるか」

「先にすませておかなければならぬことがございまする」

扇太郎は屋敷の門のほうへ、目をやった。

「見張りがござったの」

井上が納得した。

「話を付けて参りますれば」

「承知いたしましてございまする。しかと朱鷺どのはお預かりいたす」

強く井上が引き受けてくれた。

「…………」

朱鷺がすがるような目で見た。

「心配いたすな。かならず迎えに来る。その間は、井上どのを頼れ」

「信じていいの」

一度捨てられた経験がある朱鷺の瞳が震えた。

「待っていろ」

はっきりと命じて、扇太郎は井上の長屋を出た。

「ご安心なされ。榊どのは、ちゃんと考えておられる」

心配そうに見送る朱鷺へ、井上が笑いかけた。

「よろしいかな。たった今から、ここは、朱鷺どのの家となったのでござる。のう、八重《やえ》」

「はい。わたくしがあなたの母となりました。裁縫、料理、掃除、洗濯、などきっちりしこんであげまする。いい嫁になれるように」

井上の妻八重も笑った。

「えっ……」

朱鷺が戸惑いの声をあげた。

三田から下谷まで扇太郎は一気に走破した。

「…………」

無言で扇太郎は鳥居耀蔵の屋敷の潜り門を叩いた。

「榊さま……」

潜り門に設けられていた覗き窓が開き、顔馴染みの中間が声を漏らした。

「今、誰かが来たであろう」

「…………」

中間が沈黙した。

「鳥居さまへ取り次いでくれ。榊が来たと」

「へい」

うなずいて中間が駆けていった。

「やはり来たか」

いつもの玄関脇小部屋で扇太郎は鳥居耀蔵と会った。

「女を水野家へ預けたそうだな」

「襲われましてございまする。それもじつの父が用意した刺客に」

三度目となる事情を扇太郎は語った。

「ふむ」

鳥居耀蔵が片方の眉だけをあげた。

「それほどの肚があるようには見えなんだが……追い詰められた鼠はなにをするか、わからぬな」

淡々と鳥居耀蔵が述べた。

「お認めになられましたな」

扇太郎は指摘した。

鳥居耀蔵は屋島伝蔵と会ったことがあると言っていた。

「それがどうした。きさまなどの思いも寄らぬ高見での判断である」

悪びれもせず、鳥居耀蔵が告げた。

「ゆえに、朱鷺は水野さまへお預けいたしましてございまする」

「余に逆らう気か」

するどく鳥居耀蔵が怒鳴りつけた。

「品川の一太郎の手が、岡場所へ伸びておるようでございまする」

ひるむことなく扇太郎は告げた。

「なんだと。吉原ではなく、岡場所にか」

「まだどこが一太郎の手に落ちたかまではわかっておりませぬ。しかし、この間からの遊女自害の連続は、一太郎の動きを隠すものであったのではないかと」

扇太郎は述べた。

「…………」

鳥居耀蔵が沈黙した。

「少なくとも、日本橋、浅草、深川、神田でないことはわかっておりまするが……」

「水野さまはどう言われた」

「一太郎の支配下にある岡場所が問題を起こす前に潰せと」

すなおに扇太郎は話した。

「それはならぬ」

「……………」

理由を聞くほど扇太郎は愚かではなかった。鳥居耀蔵とのつきあいは長い。鳥居耀蔵が一太郎の騒動をきっかけに町奉行へ止めを刺す気だと扇太郎はわかっていた。

「そうも参りますまい。水野さまの命に逆らうこととなりまする」

扇太郎は拒んだ。

「きさま、誰に言っているのかわかっておるのか」

「承知のうえでございまする」

強い眼差《まなざ》しで睨む鳥居耀蔵へ、扇太郎は怖れげもなく言い返した。

「肚をくくったか」

鳥居耀蔵が目を逸らした。

「己の女を殺されかけてまで、忠義を尽くす。そこまで犬にはなれませぬ」

「予想の外であったわ、それはな」

小さく鳥居耀蔵が嘆息した。

「榊、そなた今の世を正しいと思うか」

「いいえ」

はっきりと扇太郎は首を振った。

「上は己のことしか考えず、庶民は金にしがみつく。仁も義もない状況で、異国が攻めてくればどうなる」

「負けましょう」

鳥居耀蔵の問いに扇太郎は答えた。

「そうなったら、我が国は異国の奴婢《ぬひ》となる。牛馬のようにこき使われ、すべての財を吸い取られる」

「……………」

「そうならぬためには、国を一つにせねばならぬ。将軍家を中心としたものにな。それには国学が重要である。忠に柱を置く朱子学こそ、国を守る学問なのだ。蘭学のように、能力で人を選んではならぬのだ」

「なぜでございましょう」

「人には嫉妬というものがある。誰でもな。そして人というのは得てして己に甘いものだ。他人と比べられたとき、その差をすなおに認められるか。無理であろう。世襲ではなく、能力で将軍が選ばれたとする。あやつよりは、儂のほうが優れている。ただ、他人が理解できていないだけだ。誰かがそう少しでも思えば、国は破綻する。面従腹背となるからな。戦場《いくさば》でこれをされて見ろ。勝てる戦も負ける。しかし、代々の血筋が将軍となると決まっていれば、最初から将軍になろうとは誰も思うまい。将軍のもとに人は一つになるのだ。そして、民が皆朱子学を学んでおれば、すべての忠は将軍へ集まり、我が国は一枚岩となる。異国がどのように攻めてきても打ち払えよう」

滔々《とうとう》と鳥居耀蔵が述べた。

「将軍家が……」

「その先を言うな。不忠である」

扇太郎の言いたいことを悟った鳥居耀蔵が制した。

「畏れ多くも将軍家にご不足あれば執政衆が補う。それでなんの問題もあるまい。考えてみよ、直接将軍と目見《まみ》えられる者など、指で数えるほどしかおるまい」

「それでは、将軍家は飾りで……」

「黙れと言った。我ら旗本は将軍家をお支えするためにある。そして、蘭学は幕府を潰すものだ。それだけ貴様はわかっていればいい」

鳥居耀蔵が押しつけた。

「しかし、蘭方医によって命助かった者もおりまする。蘭学すべてを排除するのは……」

「些末《さまつ》なことだ。一人二人の命より、国が大事であろう。この国が一枚岩であれば、異国とて攻められぬ。そうすれば、戦は起こらず、死ぬ者は出ぬ。それがどれほどの数になると思うか」

「…………」

「大の虫を生かすために小の虫を殺す。それが政というものだ」

「捨てられる小の虫はたまったものではございませぬ」

扇太郎は反発した。

「国が滅びて、苦労するのは小の虫ぞ」

「いつか小の虫に噛まれましょう。いつまでも堪え忍んではくれませぬぞ。民は」

「幕府が滅びるか。ふん。余がおる限り、そのようなことにはならぬ。蘭学にさえ染まらねば、幕府は百年安泰じゃ。そのために、余は蘭学を取り締まる町奉行とならねばならぬ。榊、幕府を守る。それが旗本、御家人がある意味ぞ」

「ごめんを」

扇太郎は返答をせずに、鳥居燿蔵のもとを立ち去った。

「ふん。ご老中さまとて、可愛いのは吾が身だけよ。榊、道具はいつまで経っても道具なのだ」

鼻先で鳥居耀蔵が笑った。

「しかし、飼い犬に手を噛まれたか。痛くもないが、腹立たしいのは確かだ。屋島め、出過ぎたまねを。いずれ榊にも思い知らせるが、その前に屋島へ罰を与えねば」

鳥居耀蔵が憎々しげに吐き捨てた。

四

水野美濃守忠篤の屋敷へ林肥後守忠英《ただふさ》が訪れていた。ともに大御所家斉の寵臣として多忙を極める。二人の休日が重なるのは、滅多になかった。

「大炊頭は、子供の使いだったな」

林肥後守が小さく笑った。

「期待などしておらなんだが、まったく相手にされぬとは」

盃を傾けながら、水野美濃守が吐き捨てた。

「さすがは越前守というところか」

「二十万石を捨てるだけの肚があるのだ。なまじのことでは揺らぎもせぬ」

水野美濃守が嘆息した。

老中水野越前守忠邦はもと唐津藩主であった。表高六万石、実質二十万石といわれるほど裕福な領地を与えられていたが、唐津は長崎警固の役目を持つため、執政になれなかった。どうしても老中となって幕政をおこないたかった水野越前守は、幕府に国替えを願い出た。大幅な減収となるとわかっての国替えである。家臣たちは大反対した。なかには、水野越前守を諫めるため、腹を切った家老もいた。しかし、水野越前守は意志を変えず、とうとう浜松への転封《てんぽう》を成立させ、ついに老中まで昇りつめた。

「このあとどうするのだ。大御所さまのご体調はあまりよろしくないぞ」

林肥後守が問うた。

「もう少し待て、一人呼んである」

急くなと水野美濃守が林肥後守をなだめた。

「誰をだ」

「殿、参りましてございまする」

林肥後守が問うのに合わせて、家臣が来客を告げた。

「そうか。通せ」

水野美濃守が許した。

「ごめんくださいませ」

座敷前の廊下へ、手を突いたのは狂い犬の一太郎であった。

「この者は……」

怪訝顔で林肥後守が、訊いた。

「紀州屋という廻船問屋だ」

「廻船問屋が、なぜ」

答えた水野美濃守へ、林肥後守が怪訝な顔をした。

「こう言えばわかろう。品川の一太郎じゃ」

「品川の……八代さまの……」

林肥後守が驚いた。林肥後守も用人を通じて一太郎のことは知っていたが、直接会うのは初めてであった。

「初めてお目にかかりまする。紀州屋一太郎にございまする」

深く一太郎が平伏した。

「林肥後守じゃ」

ていねいな名乗りをあげる一太郎とは逆に、林肥後守が短く応じた。

「美濃守どのよ。なぜ、このような者をここへ」

「なに、聞いておいていただくべきかと思うてな」

林肥後守の問いに、水野美濃守が答えた。

「紀州屋、遊郭をいくつか手にできたのか」

「おかげさまをもちまして。二カ所ほど」

ほほえみながら一太郎が頭を下げた。

「吉原は失敗したそうだが」

「さすがは御免色里でございました」

失策を指摘されても、一太郎の表情は変わらなかった。

「まあいい。二カ所で足りるのか」

「十分ではないかと考えまする」

水野美濃守の疑問に、一太郎が胸を張った。

「待たれよ。いったい何の話をされておるのか。儂にはまったくわからぬぞ」

一人蚊帳《かや》の外に置かれていた林肥後守が、口を挟んだ。

「そうであった。無礼をいたしたな」

「申しわけございませぬ」

二人が林肥後守へ詫びた。

「止めを刺すのだ。今の執政どもへ」

「どうやって」

「江戸の城下で騒乱を起こす」

林肥後守の問いに、水野美濃守が述べた。

「できるのか。町奉行は馬鹿ではないぞ」

「そのための紀州屋よ。先日から江戸の遊郭で遊女の自害が続いたことは知っておろう」

「ああ。大御所さまのもとへ、貴公が瓦版を持参したやつだな。儂も見た」

「あの騒ぎを利用して、紀州屋が岡場所の乗っ取りを進めていたのだ」

水野美濃守が一太郎を見た。

「他人の目というのは、騒ぎのあるところに集まりまする。旗本の娘が岡場所に売られ、その娘が自害した。となれば、その岡場所は一気に注目を受けまする。対して、近隣の岡場所は客足を失い、金に困り始めまする。わたくしは、金策に困った遊女屋を買い取っていき、最終にはその岡場所全部を手にしたので」

一太郎が説明した。

「ふん。金で片を付けたようなことを申しておるが、だけではあるまいに。脅しもしたであろう」

鼻先で水野美濃守が笑った。

「なかなか言うことをきいてくれない主もおりましたので、多少は手荒なまねもいたしましたが……」

「手段などどうでもよいわ。要点を申せ」

まどろっこしいと林肥後守が、一太郎の話を遮った。

「わたくしのものとなった岡場所の男衆を手下で固めましてございまする」

「手下……その者たちが騒擾を起こすと」

「はい。わたくしは品川の者でございまする。江戸でなにかするには、一々品川から人を連れてこなければなりませぬ。となれば、どうしても目立ちまする。江戸の顔役どもがいきりたち、町奉行所のお役人さまは気になさる。これでは、なかなかに話が進みませぬ。ですが、岡場所を手にできましたので、前もって人を入れておくことができまする」

「……ふむ。で」

林肥後守が先を促した。

「で、ときを合わせて、岡場所の男たちが暴れ回りまする。周囲の町屋を打ち壊したりしながら。当然、町奉行所が取り押さえに参りましょう」

「当たり前じゃ」

「町奉行所はどのていどの数を出して参りましょうや」

一太郎が水野美濃守へ尋ねた。

「謀叛《むほん》ではない、たかが岡場所の男どもの乱暴じゃ。月番の町奉行だけで対応するであろうな。そうよな。与力一人と同心六人、あとは小者で、総勢三十名ほどではないか」

水野美濃守が予想した。

「足りませぬな」

小さく一太郎が笑った。

「わたくしの配下どもは、浪人者あがりが多く、かなりの遣い手ばかりでございまする。十人もおれば、そのていどの勢ならば、蹴散らしてご覧に入れまする」

「蹴散らされれば、次は町奉行所の総勢を出して来るであろう」

「それも追い払いましょう。となれば、どうなりまする」

今度は林肥後守へ問うた。

「町奉行で対応できぬとなれば、お定め先手組が出ることになろうな」

林肥後守が話した。御先手組とはその名前のとおり、戦場で先陣を受け持つ旗本御家人のことである。弓八張、鉄炮二十挺を配し、与力六騎から十騎、同心三十人から五十人が属した。

「さすがに御先手組が出ては、こちらも勝てませぬ。あっさりと逃げ出しまする」

「逃げるだと」

淡々と言う一太郎に、林肥後守が驚いた。

「肥後どのよ。御先手組まで負けては困るであろう。御先手組は不浄役人と違い、幕府の先陣であるからな」

「それはそうだが……」

林肥後守が不服そうな顔をした。

「町奉行所では押さえきれなかったが、御先手組が出て、暴徒どもは逃げ散った。この結末はどうなる」

「少なくとも町奉行は罷免だの。岡場所一つで町奉行の首が飛ぶか。安いものだの」

問いかける水野美濃守へ林肥後守が告げた。

「うむ。御先手組は面目を施す。だが、もう一つ岡場所は残っている。そこで同じことがあればどうなる」

「最初から御先手組が出ることになろうが、それに意味はあるのか」

林肥後守が一太郎を見た。

「もちろん、また逃げまする」

一太郎がうなずいた。

「どういうことだ」

わからぬと林肥後守が首をかしげた。

「二度出させたという事実が重要なのだ」

話を水野美濃守が引き取った。

「御先手組を一度出したにもかかわらず、二度目が起こった。御先手組を出す。これは戦と同じ扱いである。しかもお膝元じゃ。大事ぞ。しかし、江戸の治安を預かる町奉行はすでに罷免されている。さて、二度目の責任は誰が負う」

水野美濃守が訊いた。

「町奉行よりも上位者となるな。かといって大目付や寺社奉行ではない。畑が違いすぎる」

「誰に責任を押しつけてよいかわからぬときは、もっとも上におる者へ参ることとなる。かといって上様を咎めるなど誰にもできぬ。となれば……」

「老中筆頭か」

「…………」

無言で水野美濃守が首肯した。

「大御所さまが、声高にお騒ぎになれば、上様もそうされるしかあるまい。水野越前守をかばうならば、御身が責を負わねばならぬのだからな。そして、大御所さまには上様以外にも男子がおられる」

「将軍を止めるより、老中の首を出すか。越前守も救われぬな」

林肥後守が哀れんだ。

「当然、老中筆頭格が辞めれば、他の老中どもも無事ではすむまい。御用部屋は一新されることとなる。そして……」

「ご自身が選んだ執政衆の不始末を受け、上様は次の老中たちを指名されにくくなる。となれば、大御所さまの推す者が御用部屋を受け継ぐことに」

水野美濃守の言葉を林肥後守が引き取った。

「松平伯耆守どのを筆頭老中として、儂や貴殿が御用部屋へ入ることになろうな」

強く水野美濃守が首を縦に振った。

「じつに妙手である」

林肥後守が納得した。

「で、この者は何を得るのだ。ただで二カ所も遊郭を捨てるはずはあるまい」

顔を一太郎へ向けて、林肥後守が質問した。

「皆様方が執政衆となられたとき、吉原の御免状をお取りあげいただければけっこうでございまする」

「なにっ、神君家康さまの御免状をか」

大きく林肥後守が目を剝いた。

「それはできぬぞ」

神君家康の名前は、幕府で大きい。うかつに触れれば、いかに家斉の寵臣といえども無事ではすまなかった。

「では、わたくしめを御免状改め役に命じていただきますよう」

「御免状改め役だと……」

林肥後守が怪訝そうな顔をした。

「はい。吉原に御免状があるゆえ、まずいのでございまする。どのような理由であれ御免状さえなければ、吉原を守っているものは消えまする」

「そのような役目を町人にさせることなどできぬ」

とんでもないと林肥後守が首を振った。

「いや、待て肥後どの」

水野美濃守が制した。

「吉原は苦界じゃ。いわば、汚れた場所。そこへ御上が近づくのはよろしくあるまい」

「しかし、この者を任じるには理由がいるぞ。いきなり命じては、この者と我らのかかわりが表に出かねぬ」

　林肥後守が危惧した。

「もちろんじゃ。まず御上とかかわりのある町人とせねばならぬ」

「是非、わたくしめを町年寄《まちどしより》に」

　一太郎が身を乗り出した。

　町年寄とは、家康が江戸に城下を開いたときより従った町人の代表である。奈良屋《ならや》、樽屋《たるや》、喜多村《きたむら》の三家があり、町奉行の支配を受け、幕府から出た触れなどを市中へ報せる他に、水道の管理、株仲間の許可などをおこなった。幕府からも特別扱いを受け、その権は、大きかった。

「町年寄にはできぬ。そう簡単なものではない。町年寄は、皆もと武家であり、家康さまにお仕えしていた者の末である。いきなりそなたをはめこむことなど無理じゃ」

「では、どうなさってくださいますので」

　不満を見せず、一太郎が問うた。

「闕所の見積もりを任せる」

「それはまた」

　一太郎が首をひねった。

「そのようなもので吉原の御免状を確認させることはできまい」

「もちろんじゃ」

林肥後守へ、水野美濃守がうなずいた。

「先ほどの話だ。岡場所が騒乱の根となった。当たり前だが、岡場所は御法度。すぐにでも取り潰され、闕所となろう。それを紀州屋が差配すればいい」

「己の差配する岡場所が闕所となった。その財産を金を出して買えと」

一太郎が、嘆息した。

「目先のことに捉われるな。岡場所でもっとも価値のある財産はいったいなんだ」

「……岡場所の財産でございますか。……遊女でございましょう」

「そうだ。そして岡場所の遊女を競売で買うのは……」

「吉原」

あっと一太郎が声をあげた。

「そうじゃ。そこで紀州屋と吉原のかかわりができる。もう一つ……」

水野美濃守が、林肥後守、一太郎の顔を順に見た。

「吉原が人身売買をしても咎められないのは、御免状があるからだ。岡場所の闕所を担当した競売元として、紀州屋は吉原へ御免状の提示を命じればいい。そのための法度など、明日にでも作ってやる」

「法度か」

林肥後守が腕を組んだ。

「入札できる者としての身元と資格を確認する義務を闕所物奉行へ負わせればいい。闕所物奉行くらい、籠絡《ろうらく》できよう。あとは、その闕所物奉行から確認の手続きを委任されれば、御免状を見ることはできるはずだ」

「なるほどの。たしかに闕所で回収したものは、御上の所有である。それを競売で買う者が、身元不確かでは、御上の威厳にもかかわるな。ふむ。お見事でござる。これならば、誰も反対は申せまい」

手を打って林肥後守が感心した。

「よろしゅうございましょうか」

一太郎が口を挟んだ。

「なんだ」

「今の闕所物奉行は目付鳥居耀蔵さまの手の者と聞いておりまする」

許しを得た一太郎が告げた。

「鳥居耀蔵だと。越前守の犬ではないか。犬が犬を飼っておるとはの」

水野美濃守が嘲笑した。

「鳥居耀蔵の配下となれば、融通は利かぬな」

「なんとか別のお方に変えていただくわけには参りませぬか」

一太郎が願った。

「……難しいの」

「うむ」

林肥後守と水野美濃守が顔を見合わせた。

「目付の権は大きい。ここで鳥居耀蔵の配下に手出しして、不審を抱かせるのはよくない。我らが執政となればこそ、そなたにも芽が出るのだ。町年寄を増やすわけにはいかぬが、今ある三家へ養子に入るのを助けることはできる。そのためにも、我らに傷が付くわけにはいかぬ」

水野美濃守が説明した。

「浅慮でございました」

言われて一太郎が謝った。

「では、こちらで闕所物奉行を排除いたしますゆえ、後任にはわたくしの推す御仁《ごじん》をお願いできましょうか」

「それくらいならば、どうとでもなる。任せよ」

しっかりと水野美濃守が保証した。

「で、紀州屋、いつ岡場所の準備が整う」

「ようやく遊郭全体を押さえたばかりで、まだ男衆の入れ替えなども十分にはできておりませぬ。少しばかりときを頂戴いたしたく」

「急げ」

「はい」

命じられた一太郎が手を突いた。

「用件はすんだ。下がってよいぞ」

「では、そのようにお願いをいたしまする。夜分にご無礼をいたしましてございまする」

水野美濃守の許しを得た、一太郎が退出した。

「言えた義理ではないが、あの者を信用するのはどうかと。八代さまのお血筋はなにかあったときに、面倒なこととなりましょうぞ」

心配を林肥後守が見せた。

「大事ございますまい。八代さまのご落胤は、公《おおやけ》にはなかったのでござる。今さらあやつが騒いだところで、どうにもなりますまい。なにより、今はただの町人。障害となるようであるならば、罪を押し被せて始末してしまえばよいこと」

気にするほどのことではないと水野美濃守が述べた。

「それよりも急がねばなりますまい。大御所さまがご存命の間に手配をすませておかねば、意味がなくなりまする。我らが執政という新たな力を持つ前に、大御所さまが亡くなられては大事《おおごと》でござる」

「先代の寵臣は排除されるが世の常。そうなれば、我らは役目を追われ、石を減らされたうえ、閉門蟄居《ちっきょ》。二度と浮かびあがれなくなる」

林肥後守も震えた。

「手に入れたものを失いたくないのは、誰も同じ。権をかけた最後の勝負だ。負けてたまるものか」

力強く水野美濃守が拳《こぶし》を作った。

水野美濃守の屋敷を出た一太郎が、息をついた。

「やれ、人を便利な道具だと思っていやがる。まあ、こっちもそのつもりでいるから、お互いさまだけどね」

一人で夜の江戸を歩きながら、一太郎が呟いた。

「町年寄の家へ養子に入るか。考えなかったわけではないが、既得の権益のなかへ、新たに入りこむことで、波風を起こし、三家の均等を崩し、個別に潰していく。その策が使えなくなるねえ。どこかの養子に入ったならば、よそ者を警戒して、残りの二家が結託する。さすれば、ちょいと手間がかかる。こっちももう若くはないからねえ。あまりまどろっこしいまねをしちゃいられない」

寒さに一太郎が両手をこすり合わせた。

「しかし、闕所を逆手に取るのは気づかなかったねえ。美濃守、さすがは三佞人《さんねいじん》の一人だ」

みょうな褒めかたを一太郎がした。

「さて、せっかく吉原を手にする方法を教えてもらったのだ。さっさとしないとね。岡場所を犠牲にする前に、闕所物奉行を替えておかなければ、意味がない。たしかにそうだねえ。吉原に近い顔役は、後々じゃまになると思って手出ししたけど、無駄でしかなかったねえ。御上さえ手出しのできぬ吉原を顔役ていどでどうこうできるわけがなかった。ときと金を浪費しただけとは、儂も焼きが回ったな」

一太郎が独りごちた。

「よし。榊扇太郎、まずはおまえからだ」

重い声で一太郎が宣した。

〈最終巻『奉行始末』に続く〉

解説

内田俊明

今年（二〇一七年）、『水戸黄門《みとこうもん》』が久しぶりに連続時代劇で放送される、というのがニュースになりました。こういうことがわざわざ報じられてしまうほど、テレビや映画の時代劇は昨今ますます減ってしまっており、かつて毎日のように、テレビのゴールデンタイムで時代劇を楽しんでいたファンの方々にとっては、物足りない状況が続いていると言えましょう。

いっぽうで時代小説、とくに書き下ろし文庫のシリーズもの時代小説は、まだまだ隆盛といっていい健在ぶりです。私の勤めている八重洲《やえす》ブックセンターでは、東京駅前の本店五階が文庫と文芸書の売場となっていますが、歴史時代小説は中でも独立して、多くの棚を占めております。

テレビ時代劇が減ったことに飽きたらない方が、時代小説に流れているということはあるでしょう。映像と文芸の両方を愛好する方も多いと推察します。ですが、そもそも、時代劇と時代小説はまったく別の物です。

映画やテレビなどの、映像で見る時代劇は、歌舞伎《かぶき》や講談の流れをくむもので、そこには必ず「暗黙の了解」が存在します。水戸黄門における徳川光圀《とくがわみつくに》は「越後《えちご》のちりめん問屋の隠居・光右衛門《みつえもん》」を名乗り、暴れん坊将軍における徳川吉宗《とくがわよしむね》は「貧乏旗本の三男・徳田《とくだ》新之助《しんのすけ》」を名乗って、それぞれ身分を隠していますが、困っている人たちは何の疑いもなく、得体の知れないはずの彼らを頼ります。なぜでしょう。

それは多くの時代劇において、物語の内容以前に、主人公が人望ある大人物であることが、あらかじめ担保されているからです。歌舞伎以来の伝統で、主人公は立役として、融通無碍《ゆうずうむげ》の存在であることが許されているのです。大物俳優が貫禄たっぷりに演じれば、説明の必要もありません。忠臣蔵《ちゅうしんぐら》における「赤穂城《あこうじょう》明け渡し」「大石東下り」などの場面に見られる、大石内蔵助《くらのすけ》の、言わぬが花の「腹芸《はらげい》」といった風情のやりとりは、こういった人物像のあり方の極致と言えるでしょう。

しかし、暗黙の了解や腹芸は、それがあって当然とする、受け取る側の共通認識がなければ、成り立ちません。何十年も同様の表現を続けているだけでは、受け取る側にもさすがに飽きがきます。じわじわと支持されなくなっていくうちに、暗黙の了解をよしとする共通認識も、しだいにすたれていくことは避けられません。こうして時代劇は消えていったのです。

いっぽうで、時代小説は、もともと暗黙の了解や腹芸には縛られていません。さらに、映像のように多額の制作費も何百万人もの視聴者も必要とはしません。作家の想像力と創造力がすべてです。過去に制作された時代劇の中でも『木枯《こがら》し紋次郎《もんじろう》』『必殺仕掛人《ひっさつしかけにん》』といった、暗黙の了解や腹芸とは無縁の異色作は、時代小説を原作としています。この自由さと創造性が、時代劇ファンをも取りこんだ、時代小説の隆盛の最大要因ではないかと、私は考えています。

さて、この一文は『新装版　娘始末　闕所物奉行《けっしょものぶぎょう》　裏帳合（五）』の解説です。決して忘れているわけではありません。長々と前段で、時代劇と時代小説の違いについてお話ししたのは、この「闕所物奉行　裏帳合」シリーズで、旧来の時代劇の特徴である、暗黙の了解や腹芸といったものが「変化球的に」活かされているがゆえに、時代小説として最高に面白い作品となっている、ということを言いたかったからです。

私は、旧来の時代劇を否定しているわけではありません。暗黙の了解や腹芸の持つ、約束事ならではの共感や爽快感というのを、むしろ愛好するものです。映像作品だけでなく、小説の中にも、そういう特徴の作品があることも理解します。ただ、多くの作品を世に問う作家が、直球ばかり投げていたのでは、長いキャリアを重ねることはできません。多くの人気シリーズを持つ上田秀人氏にとって、「闕所物奉行 裏帳合」シリーズは、変化球であるがゆえの魅力に満ちた異色の傑作です。僭越《せんえつ》ながら、作品を解剖してみましょう。

一、「暗黙の了解」を逆手にとった主人公像

主人公は闕所物奉行を勤める貧乏旗本・榊扇太郎《さかきせんたろう》です。闕所物奉行という役目については、本書冒頭の「江戸幕府主要職制図」に説明があるので、そちらをご覧いただくとして、この扇太郎がどういう人物かというと、ひと言でいえば「せこい小役人」。ここがまず驚きです。

つきあいのある浅草の顔役・天満屋孝吉《てんまやこうきち》からは金品を受け取り、上役である目付・鳥居耀蔵《とりいようぞう》を蛇蝎《だかつ》のごとく嫌いながら、生活と義理のためにと仕方なく従う。薄給と低い地位を自嘲するのもしばしば。等身大どころかマイナスイメージすらある、時代劇の主人公の定型とは真逆の人物です。著者の上田氏も、シリーズ第一巻の「新装版あとがき」で、「わたしの作品のなかでは珍しい小悪党」と述べておられます。

もっとも、とある経緯で同居することになった元遊女の朱鷺《とき》には、深い慈愛を注ぎ、部下の手代たちや吉原《よしわら》の無頼《ぶらい》の徒にも優しく接し、そしてなにより、剣の腕前が一級品という長所も、扇太郎にはあります。泰平の世で武芸が重んじられない時代が舞台なのに、剣

に優れているというのは、時代小説の主人公としては外せない美点です。もちろん殺陣《たて》シーンでは、上田作品ならではの、文章でありながら映像が浮かんでくるような、臨場感と迫力のある描写が楽しめます。

せこい小役人ながら、優しさと剣技という長所を持つことで、時代劇や時代小説の受け取り側が持っている「主人公補正」の目線を誘発させる、なかなかにニクい男です。

二、「腹芸」がない人間関係の描写

扇太郎以外の登場人物も、基本的に男は悪人しか出てきません。天満屋孝吉をはじめとする、江戸の各町の顔役たちは、みなひとかどの人物でありながら、腹に一物ある者たちばかり。扇太郎の上役・鳥居耀蔵も、さらにその上役である老中・水野越前守忠邦《みずのえちぜんのかみただくに》も、冷酷非情な面を隠そうとはしないという、明朗な時代劇にありがちな勧善懲悪《かんぜんちょうあく》とは真逆な設定となっています。

そんな彼らの「独り言」または「二人での対話」によって、心理描写や情況説明がなされるところも、本シリーズの大きな特徴です。未読の方は、ぜひ独り言シーンと、二人きりでの対話シーンに注目してお読みください。悪人ばかりが出てくるため、互いに信用しあうことのない、酷薄な人間関係が強調されているのですが、独り言シーンではその人物の今後の行動が語られ、また対話シーンでは敵対勢力の出方を読もうとする話し合いが予言され、ぐいぐいとスリルが高まっていきます。大石内蔵助的な、口に出さずともわかる「腹芸」の存在しない世界が、あえて作り出されているのです。

鳥居耀蔵、水野忠邦といった名前で、歴史時代小説通にはお察しの通り、幕末前夜である天保年間の江戸が、本シリーズの舞台です。幕府の財政はどん底で、幕臣である旗本御家人の困窮が、物語の大きな背骨となっています。大御所家斉《いえなり》派と将軍家慶《いえよし》派の牽制、江戸各町と品川の顔役同士の鍔《つば》迫《ぜ》り合い、それらに巻きこまれていく扇太郎と朱鷺。暗い時代を背景に、ひりつくようなハードボイルドストーリーが展開してきました。

当巻まで読み終えた方は、今回がこれまでと違う雰囲気で幕を閉じたことに、何かの予感を覚えられましたでしょうか。そうです、次巻の『奉行《ぶぎょう》始末《しまつ》』をもって、この「闕所物奉行 裏帳合」シリーズは完結となります。期待を裏切らないラストが待ち受けていますよ。扇太郎と朱鷺の運命やいかに⁉

（うちだ・としあき　書店員）

中公文庫

新装版《しんそうばん》
娘《むすめ》始《し》末《まつ》
——闕所物《けっしょもの》奉行《ぶぎょう》 裏帳合《うらちょうあい》（五《ご》）

2011年8月25日　初版発行
2018年1月25日　改版発行

著　者　上田《うえだ》秀人《ひでと》

発行者　大橋善光

発行所　中央公論新社
〒100-8152　東京都千代田区大手町1-7-1
電話　販売 03-5299-1730　編集 03-5299-1890
URL http://www.chuko.co.jp/

ＤＴＰ　平面惑星
印　刷　三晃印刷
製　本　小泉製本

Published by CHUOKORON-SHINSHA, INC.
Printed in Japan　ISBN978-4-12-206509-3 C1193

中公文庫既刊より

各書目の下段の数字はＩＳＢＮコードです。978－4－12が省略してあります。

う-28-8
新装版 御免状始末 闕所物奉行 裏帳合㈠
上田 秀人
遊郭打ち壊し事件を発端に水戸藩の思惑と幕府の陰謀が渦巻く中を、著者史上最もダークな主人公・榊扇太郎が剣を振るい、謎を解く！ 待望の新装版。
206438-6

う-28-9
新装版 蛮社始末 闕所物奉行 裏帳合㈡
上田 秀人
榊扇太郎は闕所となった蘭方医、高野長英の屋敷から、倒幕計画を示す書付を発見する。鳥居耀蔵の陰謀と幕府の思惑の狭間で真相究明に乗り出すが……。
206461-4

う-28-10
新装版 赤猫始末 闕所物奉行 裏帳合㈢
上田 秀人
武家屋敷連続焼失事件を検分した扇太郎は改易された出火元の隠し財産に驚愕。闕所の処分に大目付が介入、大御所死後を見据えた権力争いに巻き込まれる。
206486-7

う-28-11
新装版 旗本始末 闕所物奉行 裏帳合㈣
上田 秀人
失踪した旗本の行方を追う扇太郎は借金の形に娘を売る旗本が増えていることを知る。人身売買禁止を逆手にとり吉原乗っ取りを企む勢力との戦いが始まる。
206491-1

う-28-7
孤 闘 立花宗茂
上田 秀人
武勇に誉れ高く乱世に義を貫いた最後の戦国武将の風雲録。島津を撃退、秀吉下での朝鮮従軍、さらに家康との対決！ 中山義秀文学賞受賞作。〈解説〉縄田一男
205718-0

す-25-27
手習重兵衛 闇討ち斬 新装版
鈴木 英治
江戸白金で行き倒れとなった重兵衛は、手習師匠・宗太夫に助けられ居候となったが……。凄腕で男前の快男児が謎を斬る時代小説シリーズ第一弾。
206312-9

す-25-28
手習重兵衛 梵 鐘 新装版
鈴木 英治
手習子のお美代が消えた⁉ 行方を捜す重兵衛だったが……（「梵鐘」より）。趣向を凝らした四篇の連作が織りなす、人気シリーズ第二弾。
206331-0

す-25-29
手習重兵衛 暁闇 新装版
鈴木英治

旅姿の侍が内藤新宿で殺された。同心の河上が探索を進めると、重兵衛の住む白金村へ向かう途中だったらしいと分かったが……。人気シリーズ第三弾。

206359-4

す-25-30
手習重兵衛 刃《やいば》舞《まい》 新装版
鈴木英治

親友と弟の仇である妖剣の遣い手・遠藤恒之助を倒すため、新たな師のもとで〈人斬りの剣〉の稽古に励む重兵衛だったが……。人気シリーズ第四弾。

206394-5

す-25-31
手習重兵衛 道中霧 新装版
鈴木英治

親友殺しの嫌疑が晴れ、久方ぶりに故郷の諏訪へ帰れることとなった重兵衛。母との再会に胸高鳴らせる彼を、妖剣使いの仇敵・遠藤恒之助と忍びたちが追う。

206417-1

す-25-32
手習重兵衛 天狗変 新装版
鈴木英治

重兵衛を悩ませる諏訪忍びの背後には、三十年ごしの因縁が——家中を揺るがす事態に、重兵衛、左馬助、惣三郎らが立ち向かう。人気シリーズ、第一部完結。

206439-3

な-65-1
うつけの采配（上）
中路啓太

関ヶ原の合戦前夜——。誰もが己の利を求める中、ただ一人、毛利百二十万石の存続のため奔走した男・吉川広家の苦悩と葛藤を描いた傑作歴史小説！

206019-7

な-65-2
うつけの采配（下）
中路啓太

小早川隆景の遺言とは正反対に、安国寺恵瓊の主導により天下取りを狙い始めた毛利本家。はたして吉川広家は家を守り抜くことができるのか？〈解説〉本郷和人

206020-3

な-65-3
獅子は死せず（上）
中路啓太

加藤清正ら名だたる武将にその武勇を賞賛された武将・毛利勝永。関ヶ原の合戦で西軍についたため、領地没収をされた男が、大坂の陣で最後の戦いに賭ける！

206192-7

な-65-4
獅子は死せず（下）
中路啓太

誰より理知的で、かつ自らも抑えきれない生命力を有し、家族や家臣への深い愛情を宿した戦国最後の猛将の生涯。『うつけの采配』の著者によるもう一つの傑作。

206193-4

各書目の下段の数字はISBNコードです。978 - 4 - 12が省略してあります。

な-65-5 **三日月の花** 渡り奉公人 渡辺勘兵衛　中路啓太

時は関ヶ原の合戦直後。『もののふ莫迦』で「本屋が選ぶ時代小説大賞２０１５」に輝いた著者が描く、反骨の武将・渡辺勘兵衛の誇り高き生涯！

206299-3

な-65-6 **もののふ莫迦**　中路啓太

豊臣に故郷・肥後を踏みにじられた軍人・岡本越後守と、豊臣に忠節を尽くす猛将・加藤清正が、朝鮮の戦場で激突する！「本屋が選ぶ時代小説大賞」受賞作。

206412-6

と-26-26 **早雲の軍配者（上）**　富樫倫太郎

北条早雲に見出された風間小太郎。軍配者となるべく送り込まれた足利学校では、互いを認め合う友に出会い――。新時代の戦国青春エンターテインメント！

205874-3

と-26-27 **早雲の軍配者（下）**　富樫倫太郎

互いを認め合う小太郎と勘助、冬之助は、いつか敵味方にわかれて戦おうと誓い合う。扇谷上杉軍へ攻め込む北条軍に同行する小太郎が、戦場で出会うのは――。

205875-0

と-26-28 **信玄の軍配者（上）**　富樫倫太郎

駿河国で囚われの身となったまま齢四十を超えた山本勘助。焦燥ばかりを募らせていた折、武田信虎による実子暗殺計画に荷担させられることとなり――。

205902-3

と-26-29 **信玄の軍配者（下）**　富樫倫太郎

武田晴信に仕え始めた山本勘助は、武田軍を常勝軍団へと導いていく。戦場で相見えようと誓い合った友たちとの再会を経て、「あの男」がいよいよ歴史の表舞台へ！

205903-0

と-26-30 **謙信の軍配者（上）**　富樫倫太郎

越後の竜・長尾景虎のもとで軍配者となった曽我（宇佐美）冬之助。自らを毘沙門天の化身と称する景虎の前で、いま軍配者としての素質が問われる！

205954-2

と-26-31 **謙信の軍配者（下）**　富樫倫太郎

冬之助は景虎のもと、好敵手・山本勘助率いる武田軍を前に自らの軍配を振るい、見事打ち破ることができるのか⁉「軍配者」シリーズ、ここに完結！

205955-9

と-26-13
堂島物語1 曙光篇
富樫倫太郎
米が銭を生む街・大坂堂島。十六歳と遅れて米問屋へ奉公に入った吉左には「暖簾分けを許され店を持つ」という出世の道は閉ざされていたが——本格時代経済小説の登場。
205519-3

と-26-14
堂島物語2 青雲篇
富樫倫太郎
山代屋へ奉公に上がって二年。丁稚として務める一方、幕府未公認の先物取引「つめかえし」で相場師としての頭角を現しつつある吉左は、両替商の娘・加保に想いを寄せる。
205520-9

と-26-15
堂島物語3 立志篇
富樫倫太郎
念願の米仲買人となった吉左改め吉左衛門は、自分と同じく二十代で無敗の天才米相場師・寒河江屋宗右衛門の存在を知る——『早雲の軍配者』の著者が描く経済時代小説第三弾。
205545-2

と-26-16
堂島物語4 背水篇
富樫倫太郎
「九州で竹の花が咲いた」という奇妙な噂を耳にした吉左衛門は西国へ飛ぶ。やがて訪れる享保の大飢饉をめぐる米相場乱高下は、ビジネスチャンスとなるか、破滅をもたらすか——。
205546-9

と-26-17
堂島物語5 漆黒篇
富樫倫太郎
かつて山代屋で丁稚頭を務めた百助は莫大な借金を抱え、お新と駆け落ちする。米商人となる道を閉ざされ、行商人に身を落とした百助は、やがて酒に溺れるが……。
205599-5

と-26-18
堂島物語6 出世篇
富樫倫太郎
川越屋で奉公を始めることになった百助の息子・万吉は、手代たちから執拗な嫌がらせを受ける。『早雲の軍配者』の著者が描く本格経済時代小説第六弾。
205600-8

と-26-32
闇の獄（上）
富樫倫太郎
盗賊仲間に裏切られて死んだはずの男は、座頭組織の長に拾われて、暗殺者として裏社会に生きることに！『SRO』「軍配者」シリーズの著者によるもう一つの世界。
205963-4

と-26-33
闇の獄（下）
富樫倫太郎
座頭として二重生活を送る男・新之助は、裏社会から足を洗い、愛する女・お袖と添い遂げることができるのか？　著者渾身の暗黒時代小説、待望の文庫化！
206052-4